ハヤカワ文庫 SF
〈SF1824〉

宇宙英雄ローダン・シリーズ〈409〉

重力ハッチ

H・G・エーヴェルス＆ハンス・クナイフェル
嶋田洋一訳

早川書房
6913

PERRY RHODAN
STATTHALTER DES BÖSEN
DIE GRAVO-SCHLEUSE
by
H. G. Ewers
Hans Kneifel

Translated by
Yooichi Shimada
First published 2011 in Japan by
HAYAKAWA PUBLISHING, INC.
This book is published in Japan by
arrangement with
PABEL-MOEWIG VERLAG GMBH
through JAPAN UNI AGENCY, INC., TOKYO.

目次

重力ハッチ

悪の黒幕

H・G・エーヴェルス

登場人物

ペリー・ローダン………………《ソル》のエグゼク1
ダライモク・ロルヴィク………マルティミュータント
タッチャー・ア・ハイヌ………ロルヴィクの部下
ターリイ・アンターナク………《ソル》乗員。インフォ・アーカイヴ職員
ゴンドル・グレイロフト………同乗員。天文観測員
クーン・ツブラ…………………同乗員。探知技師
バシトル…………………………コリエトの惑星管理者。ヴァルベ人
ポエルモンス……………………コリエトの首席重力管理者。ヴァルベ人

マックスウェルとファラデーによると、磁石は周囲の空間に、ある性質を賦与する。同様に、アインシュタインによると、恒星、衛星そのほかの天体は、周囲の空間に幾何学的な影響をあたえる。鉄片の運動が磁場の影響をうけるように、天体の運動は重力場から直接に、幾何学的な影響をうけるわけだ。

解説しよう。子供が屋外でビー玉を転がすと、ビー玉はある場所を避け、べつのある場所に集まるように見える。アインシュタインはビー玉のとまる位置が、投げたときの力ではなく、地面の凹凸だけに左右されると推論した。そのさい、地面の凹凸がビー玉の運動にあたえる影響を無視すれば、ビー玉は重力によっていちばん低い位置……惑星の重力の中心点にいちばん近い位置……にひきよせられると考えた。

特殊相対性理論のなかで、アインシュタインはこの力について深く考察している。宇宙を確固とした構造のない無定型な連続体ととらえ、自由に姿の変化する、休まず変わりつづける過程そのものとして描写したのだ。そこにはつねに物質と運動があり、連続体は〝攪乱《かくらん》〟されつづけている。魚が海水を動かすように、恒星や彗星や銀河は、周囲の時空連続体をかきまわしつづけているのだ。

人類が重力という現象を理解するには、長い時間がかかった。アインシュタインから数世紀をへたあとも、日々あらたな知見が得られていた。とはいえ、人類には重力の変動を感知する器官が備わっていないのだから、時間がかかるのは当然だった。試行錯誤しながら、ようやく理解していったのだ。

進化の過程で重力場や重力線を感知する器官を発達させ、重力の微妙な変動を正確にとらえることができる種族がいたとしたら、事情はまったく違っているだろう……

《ソル》の子供たち向け教育グループDでの、サグリア・エトの授業より

1

ダライモク・ロルヴィクは〝よろこんで〟わたしにスペース＝ジェットの操縦をまかせた……任務を熟考したいからといって。

円盤艇がわたしの操縦でリニア空間にもぐりこむと、わたしはシートをなかば回転させ、でぶのチベット人を眺めた。操縦席後方の床にすわりこんで目を半眼にし、無限のかなたを見つめているかのようだが、任務のことなど考えていないのはわかっていた。いまさらなにを考えると？　どうせただ、居眠りをしているだけだ。

ローダンが探知と火器管制のために同行させたふたり、エラス・トッパーとナゲット・ブロルが、わたしの批判的な目つきに気づいた。わたしは説明の必要を感じた。

「ダライモク・ロルヴィクが瞑想と呼んでいるものは、怠惰と傲慢の恥知らずな融合にすぎない。われわれふたりが任務につくと、ほとんどの仕事はわたしがやって、この男はせいぜい、そのじゃまをする程度だ。だが、月桂樹はこの男が持っていってしまう」

「〝月桂樹〟とはなんですか、サー？　わたしの聞きまちがいでしょうか」エラス・トッパーが不思議そうにたずねた。

古めかしい〝サー〟のひと言で、月桂冠を知らなかった若い宙航士ふたりに対する腹だちは消えうせた。ソラナーが知らないのは無理もない。

「いや、正しく聞きとれている。月桂樹とは地球の植物で、乾燥させた葉をスパイスにするが、そのほかに、宇宙時代以前、その枝を編んで、英雄の冠としたのだ」

「その習慣がいまも《ソル》でつづいているのですか？」ナゲット・ブロルがたずねた。

わたしはため息をついた。

「もちろん、そうではない。《ソル》で月桂樹は育てていないしな」わたしは辛抱強く説明をつづけた。「象徴的な意味で使った言葉だ。ロルヴィクは怪物で、人間の心など理解できないが……天使のようにそれに耐えている者もいるのだ。わたしのように」

その忍耐にも限界はあるが！　でぶのチベット人がペリー・ローダンとミュータントたちの前で、わたしを〝発育不良の火星ノミ〟呼ばわりしたことを思いだし、口には出さずにそうつけくわえる。

〝人間のへたくそなカリカチュア〟という表現が思い浮かび、わたしは急に楽しくなって、口笛を吹いた。いつかローダンや《ソル》の高官たちの前で、ロルヴィクをそう呼んでやろう。そのとき、やつの顔が見られれば、これまでの仕打ちも帳消しになる。チベット人が身動きすると、わたしは操縦装置に向きなおった。わたしも自分と同じような怠け者だと、怪物に思われたくはない。

だが、ロルヴィクは目ざめるとすぐ、わたしに悪罵を投げつけはじめた。

「リニア飛行にどんなプログラミングをしたのだ、火星苦タマネギ？」鈍重で無気力な声が背後から響いた。

わたしは答えず、背筋を這いあがる冷たい感覚と戦った。目は計器に向いているが、なにも見えてはいない。

「おまえに話しているんだぞ、ハイヌ大尉！」

わたしはどうにか自制し、おちついて振りかえった。

「はい、なんでしょう、サー？」わたしは驚いたふうをよそおって答えた。

赤い目が燃える車輪のようにわたしを見つめている。

「第一、ほかの者の前で〝サー〟と呼ぶな。それは古い呼称だ。第二、すでにおまえには質問している。リニア飛行にどんなプログラミングをしたのか、と」

「あれはわたしへの質問だったんですか、ダライモク？　苦タマネギという者に向けた言葉だと思ったものですから」

ダライモク・ロルヴィクはうめいて、立ちあがった。なかなか威圧的だが、わたしはなにも感じなかった。必要なときはトラのようにすばやく力強いのはわかっていたが……あくまでも、必要なときだ。脂肪太りに見えるその肉体がじつは筋肉の塊りだと、意味もなく他人に教えるとは思えなかった。

チベット人が目の前に立つと、わたしは右の肘かけのセンサーに手を触れた。シートが閃光のように回転する。わたしの片足はロルヴィクのひろい背中を直撃し、怪物を操縦装置につっこませるはずだった。

だが、残念なことに、ロルヴィクはじっとしていなかった。ロルヴィクを狙った一撃がはずれ、わたしはシートから放りだされて、一スクリーンに激突した。

「どうやら仕事にかかる準備ができたようだな、火星のプラム種かじり！」目をまわして床に倒れたわたしの耳に、くぐもった声が聞こえた。

＊

「聞こえましたよ！」わたしは床に転がったまま答えた。「この位置だと、とてもよく理解できます」

　ダライモク・ロルヴィクは疑わしげにわたしを見た。猜疑心から、わたしが自分で掘った罠に落ちたとは、信じられなくなっている。エラス・トッパーとナゲット・ブロルはわたしたちの〝お遊び〟を、異文化の奇妙な儀式を眺める子供のような顔で見つめていた。

「ふん！」と、ロルヴィク。「では、リニア飛行のプログラミングについて、答えてもらおうか」

「リニア飛行はすぐに終わり、コリエト近傍で通常空間に復帰する予定です。惑星から一光秒の距離です」

「なんだと？」ロルヴィクは激昂した。「一光秒の距離？　それでは出現と同時にハイパーカムで、コリエトのヴァルベ人に、到着を知らせるようなものではないか！　コリエトの近くといったのは、惑星表面の近くという意味だ、火星トビクイ！」

「それなら修正できます」わたしは操縦装置の前にすわった。「地表から五センチメートルでいいですか？」

　わたしはロルヴィクにわからないよう、いくつか回路を操作した。わたしはでぶが思っているほど軽薄な男ではない。宇宙船を地表から五センチメートルのところで通常空間に出現させるなどという設定は、そもそも不可能なのだ。ちいさな変動は……宇宙船にも、惑星の動きにも……かならずあるので、地上百メートル以下の高度で通常空間に復帰するなど、考えられない。わたしがプログラミングした再実体化の高度は、二キロメートルだった。

わたしはチベット人がとりみだすという、めずらしい場面を目撃した。

「五センチメートル！」声の抑揚が失われていた。

まだなにかいいたかったようだが、時間切れだった。スペース＝ジェットが通常空間に復帰。透明なキャノピーの上に、かすかに赤みがかった、ライトブルーの空がひろがった。副観測スクリーンには、恐いくらいすぐそばに、高山の峰々が迫っていた。それが見るまにおおきくなっていく。もちろん、そんなことはありえない。われわれが急速に降下しているだけだ。

リニア機動にはいる前に遠距離探知してあったので、コリエトのどのあたりにいるのかはわかっていた。いま目の前に見える山地は、比較的浅い海の東方に百キロメートルほどつづいているものだ。沿岸部にはヴァルベ人の町がいくつかある。

ダライモク・ロルヴィクがわれに返り、いった。

「火星の五センチメートルは、地球にくらべるとずいぶんおおきいようだな、ハイヌ大尉。あんたの愚行で死ななかったんだから、ここは山のあいだを飛んで、探知されないようにすべきだ」

　わたしは微笑した。

「もう充分に山の奥ですよ、ダライモク。なんのためにエンジンを酷使したと思うんです？」

　スペース＝ジェットはそのあいだも降下をつづけていた。重力計は一・一九Gをしめしている。当然、艇には強い力がかかっていた。

　峰のひとつに接近したところで、インパルス・エンジンに点火。さらに峰に接近して、深く切れこんだ峡谷を見つけ、そこをめざすことにした。

「反重力発生装置を使ったほうがいいのではありませんか、ア・ハイヌ大尉？」エラス・トッパーがおずおずとたずねた。自分の意見に自信はあるが、命がけの任務を何度もこなしてきた、百戦錬磨の宙航士であるわたしの行動に容喙《ようかい》するのを、ためらっている。

　わたしはうなずいた。

「一見、そう思えるだろうな、トッパー。だが、ヴァルベ人は重力にきわめて敏感な種族だ。微妙に異なる重力線の構成が、つねに調和した状態に慣れている。そこに外部から、たとえば強力な反重力発生装置による影響がくわわると、その調和が乱れることになる。ヴァルベ人はそれを感知し、攪乱源さえ特定してしまうかもしれない」

「艇のエンジンが探知されたりはしないんですか？」と、ナゲット・ブロル。

「ヴァルベ人の宇宙船を見るかぎり、推進インパルスは知られていないようだ。重力エネルギーを自由に使って船を動かせるわけだから、インパルス放射を推進力に使うことは、考えなかったのだろう」

「めずらしく論理的に考えたな、ハイヌ」ロルヴィクが保護者ぶっていった。

わたしは怪物に憎しみの視線を向けてから、操縦に専念した。せまい峡谷では、崖に激突したくなかったら、慎重な操縦が必要なのだ。

*

その動物は数秒前に峡谷にあらわれ、宇宙船を見ても平然としていた。

わたしはその下を通過しようとしたが、相手がさらに前進してきたので、断念した。スペース＝ジェットは軽くエンジンを吹かし、その場に浮遊した。

わたしはその奇妙な動物に目を凝らした。おおきさは馬くらいだが、外観はまったく異なっている。つねにかたちを変える、黒い塊りだ。風になびくペナントのような長い皮膚が無数に垂れさがっているが、その揚力で空中に浮かんでいるとは思えない。

「どうやって浮かんでいるんでしょう?」ナゲット・ブロルが驚いたようにたずねた。

「答えてみろ、タッチャー。きょうのあんたは冴えてるようだからな」ロルヴィクはそういい、声を殺して笑った。

「わたしは操縦中です、ダライモク」

「考えて、話すことはできるだろう。それとも、あんたは手で考えるのか?」

いかにも半サイノスらしい。宇宙船の操縦は頭でするもので、手が操縦装置の延長にすぎないことは、チベット人も理解している。だが、そんなことは無視して、わたしを怒らせようとするのだ。

「このスペース＝ジェットは、われわれの《バタフライ》と違い、いざとなればマックスに操縦をまかせられるわけじゃないんです」マックスとは《バタフライ》の船載ポジトロニクスだ、と、両ソラナーに説明。「特殊なポジトロニクスで、自意識を発達させている」

奇妙な動物が接近し、細長い触手を伸ばしてきたので、わたしはスペース＝ジェットを上昇させた。触手の先端には感覚器らしいものが見える。

「上を跳び越えろ、タッチャー」ロルヴィクが命令する。「衝突の心配はないだろうが……ぶつかったとしても、向こうの責任だ」

「むちゃですよ。明らかに無害な生物で、好奇心をしめしているだけです。近づいてきたら、エンジンのインパルス放射で火傷《やけど》するかもしれません」

そのとき、生物がいきなり目の前から消え、キャノピーの上方に移動した。動くところは見えなかった。瞬時にべつの場所に出現したのだ。

「テレポーテーションだ！」トッパーが叫んだ。

「ばかな」と、わたし。「あれは重力線を利用して空中にとどまり、移動しているだけだ。重力の生成に五次元エネルギーを使うので、ハイパー空間を通って、ごく短時間で移動できるのだろう」

動物がキャノピーのほうに下降してくる。わたしは推力をかけ、加速してその下をすりぬけた。

振りかえると、黒い生命体は急上昇し、たちまち見えなくなった。

「奇妙な生命体がいるんですね」ブロルがいった。

「ヴァルベ人と、いまの動物しか見ていないではないか」と、ロルヴィク。

「とはいえ、〝ヴァルベの巣〟の生命体は、たんに重力に敏感なだけでなく、さまざまな重力線を移動に利用していると考えられます」わたしは峡谷の崖にそって操縦しながら、そう口をはさんだ。「三星系が四次元的な〝窪み〟の底面に位置しそのため、特殊な幾何学空間を形成していることは、《ソル》からの観測で判明しています。〝ヴァルベの巣〟には、きわめて特殊な重力条件が存在しているということ。これは当然、三星系の惑星における、生命体の進化にも影響をおよぼすはずです」

「きょうはほんとうに哲学者のようだな、ハイヌ大尉」ロルヴィクが憎々しげにいう。

「あんたの頭蓋に脳のかわりにおさまっている、干したナツメヤシの核が考えているとは、信じられないくらいだ」

「わたしを過小評価しているんですよ、ダライモク」そういったとたん、わたしはすべての敵意を超越した。自分の言葉の重みを実感したからだ。

自分の言葉に陶然とし、われわれの関係がまったく新しい段階にはいったと感じる。人類とは異なる知性体ならいくらもいるが、ヴァルベ人の異質さはきわだっていた。そのものの見方は、特殊な生存環境に規定されたものであるはずだ。

峡谷の幅がいきなりひろがり、わたしは制動噴射をかけた。目の前に半円形の湾がひろがった。岩の海岸にゆったりと波が打ち寄せている。

「ここに着陸だ！」ダライモク・ロルヴィクがいった。

「お望みのままに、サー」と、わたし。

ゆっくりとスペース＝ジェットを降下させ、着陸脚を出す。皿状先端が地面に触れると、エンジンを切った。周囲がしずかになる。

われわれは無言のまま、不透明な、黄色みがかった水面を眺めた。波がよせては返し、そこらじゅうをぬかるみにしている。

われわれ、コリエトに遊びにきたわけではない。〝第二の巣〟星系にあるこの惑星の状況を調査し、惑星ワシトイルで失踪した三人のソラナーがいないか、確認しなくてはならない。

コリエトのヴァルベ人はなにかを知っているらしかった。わたし自身、この興味深い生命体と、ぜひ話がしてみたかった。aクラス火星人はとりわけ社交的なのだ。

2

しばらくすると、ダライモク・ロルヴィクが身じろぎしていった。

「トッパーとブロルは、スペース＝ジェットで待機しろ。わたしはヴァルベ人に変身できるし、ハイヌ大尉は事実上、不可視になれる。だが、きみたちはヴァルベ人ではないと、すぐにわかってしまうからな」

「デフレクターを使えば、われわれも不可視になれると思いますが」と、トッパー。

「そうかんたんではないのだ。技術的手段は、超能力に類するものには対抗できない」

ロルヴィクはわたしを見て、

「なにをすわっている、火星のオイル偶像！　さっさと立て！　わたしはあんたのようなこそ泥と違って、時間を盗んできたりはできないんだ！」

わたしはシートから立ちあがった。

「こそ泥ですって？」と、怒りに震えながら叫ぶ。

ダライモク・ロルヴィクは青白い満月のような顔に笑みを浮かべた。

「パイウン・クアサルティクの弟子だったことを否定するのか？かつては名うての泥棒だったことも？」

「あなたはじつにいい人ですよ。かれらの盗みは金のためではなく、楽しみと名誉のためでした。たしかに、わたしは弟子のひとりでした。ただ、わたしは盗みではなく、逃走中、敵が利用するかもしれない物品を捕獲するのが仕事だったのでして」

ロルヴィクはソーセージのような指でわたしの腹をつき、わたしは息をあえがせた。

「わたしからしょっちゅう盗んでいるだろう……わたしは敵なのか？」

鎖で胸の前にさげた黒いアミュレットを指さす。

「今回はバーヴァッカ・クラから目をはなす気はないから……二度と盗んだりするんじゃないぞ、火星イモムシ！」

「はい、サー」わたしは死体のような皮膚をした怪物の監視の目をかすめ、どうやってアミュレットを盗もうかと、早くも考えはじめた。ナナクの盗賊ギルドの一員として、名誉に挑戦されたと感じたのだ。

ロルヴィクは満足したらしく、若者ふたりに向きなおった。

「極力しずかにして、われわれの帰りを待つのだ！　通信も禁止する。緊急時のみ、テレカムで連絡してよろしい。わかったな？」

「了解しました」両ソラナーは声をあわせて答えた。

わたしはクリスマス・ツリーを飾りつけるように装備を身につけ、トッパーとブロルに別れを告げた。ふたりをのこしていくのは不安があった。異世界での任務は初体験なのだ。ただじっとして、なにもしなければいいだけだが。

それでも、ロルヴィクとスペース＝ジェットをあとにするとき、不安は消えていなかった。飛翔装置で空中に飛びだし、海上に出る。

われわれは北に向かった。その方角に、いちばん近いヴァルベ人の町がある。そこで地元の情報を収集し、本来の任務にとりかかる予定だった。

＊

一時間半後、遠くに金属光沢のある球体がいくつか見えてきた。海岸線近くの地上に、かなりの高さで建っているようだ。

「ヴァルベ人の町だ！」わたしは思わず声をあげた。

ロルヴィクはなにもいわない。必要ないと思ったのだろう。ヴァルベ人の町なら、ワシトイルの周回軌道上で、《ソル》からいくつも見ていた。エレクトロン望遠鏡なら、壁の補修のあとまでくっきりとわかるのだ。

いま見えてきたコリエトの町は、全体として小規模なうえ、球体自体もちいさいように思えた。そのため、やや地上に近く感じられる。

チベット人が急に右手の、海岸のほうに顔を向けた。ヘルメット・テレカムから不機嫌そうな、いつもながら無気力な声が響いた。

「まっすぐ町に乗りこむつもりか、ハイヌ大尉？」

「まさか。でも、まだ距離がありますから、しばらくは海上を飛んでいけるでしょう」

「だめだ！　ついてこい。それとも、ひきずっていこうか？」

わたしはいい争う気になれず、おとなしく右にコースを変えた。おだやかにたゆたう海にはシルバーに輝く生物の群れが、ときには一キロメートルにもわたって、目に見えないエネルギーに導かれるように、海面から盛りあがっていたりした。

ロルヴィクは断崖の上に出て岩山の斜面を上昇し、平坦になった頂上部に達すると、そこに着地した。

ロルヴィクのそばに着地したときには、数時間ほど横になりたい気分だった。テラ宇宙船の一Gの重力は、火星の重力に適応した肉体には負担なのだ。もちろん、長年のあいだに筋肉組織は強化されているが。コリエトの重力はさらに二十パーセントほどおおきい。おまけに赤い恒星との距離が近いため気温も高く、aクラス火星人には耐えられないほどだ。ここの主星がソルほどのおおきさだったら、気温は殺人的になり、コリエトに独自の生命が進化することはなかっただろう。でぶのチベット人はおおきな重力も高い気温も気にならないらしい。飛行中ずっと居眠りしていて、休養充分だからだ。

「計画を決めておく必要があるな、タッチャー」ロルヴィクが親しげにいう。「いっしょに町にはいるのはまずいだろう。あんたの外観はほとんど人類ではないから、発見されても《ソル》乗員とは思われないはず。だから、あんたが先に、南から町に潜入するんだ。わたしは半時間後に北から潜入する。町の中央で落ちあおう」

わたしは反射的に拒否しそうになったが、しばらくこの男の顔を見なくてもすむと考え、黙っていた。

思ったとおり、チベット人はそれを同意ととらえ、先をつづけた。

「あんたは姿をかくして、ヴァルベ人の話に耳を澄ます。トランスレーターは持っているな？」

わたしは無言で右手をあげ、怪物にアームバンド・トランスレーターを見せた。もちろんヴァルベ人に関する情報をすべて〝食わせて〟あるので、分析に時間がかかることもない。

ロルヴィクは頭部にある唯一の毛である眉をあげて見せた。「スイッチをいれるのを忘れるな。そうしないと作動しないぞ。では、行け、火星の乾燥プラム！」

ロルヴィクはわたしを蹴ろうとした……離陸を手伝うという名目で。そんな〝手伝い〟を予期していたわたしは、すぐに飛翔装置でスタートし、怪物の足は空《くう》を切った。

チベット人は勢いあまって転倒し、わたしは声をあげて笑った。

仰向けになり、驚いてわたしを見ている相手に向かって叫ぶ。

「起きあがるのを忘れないでください、人間のへたくそなカリカチュア、サー！」

悪罵の声を耳にのこしながら、わたしは町に向かって飛びつづけた……

＊

岩の高台に着地して町を見おろすと、わたしはロルヴィクのことも、おさえこんできた怒りも、すべて忘れていた。

町の情景に魅了されたのだ。規模はワシトイルの首都の半分もなく、豪華さでもかなり見劣りするというのに。

ここにも浮かんでいる泡状ビルがあったが、柱で支えられた住居の数はすくなかった。

ヴァルベ人がコリエトに入植したのは、ワシトイル入植よりもずっと早かったのだろう。重力制御技術は当時でも高度な完成段階にあったにちがいない。さもなければ、宇宙船でコリエトにこられるはずがないから。ただ、当時はその技術を充分に活用するだけの、財政的な裏づけを欠いていたのだろう。

浮かんでいる泡状ビルは、最近の入植者のものにちがいなかった。いまのコリエトで建造されるのは、すべてあのような浮かぶビルなのだろう。だが、その数を見ると、新規入植者はほとんどいないようだ。これは意外だった。わたしの見るところ、ヴァルベ人はまだ成長限界に到達していない……〝ヴァルベの巣〟の外の宇宙に進出するのは、まだこれからだ。

大重力下で立っているのは疲れるし、当然の理由から、反重力発生装置は極力使わないようにしていたので、わたしはすわって、町を観察しながら凝集口糧を食べた。

赤い恒星に視線を向けると、明るいうちに町につくのは無理とわかった。陽はすでに海の上に、かなりかたむいている。真紅の円盤に薄雲がかかっていた。コリエトで雲を見たのははじめてだ。

伸びをして、一瞬だけ目を閉じる。そのとき頭に強い衝撃をうけ、わたしはすばやく立ちあがって、襲撃者に対峙した。

見えたのは影のような動きだけだった。すでに暗くなっていたのだ。だが、aクラス火星人の目はすぐに闇に慣れる。わたしは相手の肥満体を見て、すぐに正しい結論に達した。

「ダライモク！」

「そう、あわれなダライモクだ」チベット人が答えた。「あんたの半時間後に町に忍びこもうと、苦労してここまできてみれば……火星塵モグラがぐっすり眠りこんでいるではないか！　上官の苦労などどうでもいいとばかりに！」

「すみません、サー。眠りこむ気はなかったんですが、惑星の重力で疲れてしまったようです」アームバンド・クロノグラフに目をやり、はっとする。「わたしがここにきてから、三時間が経過しています。まっすぐ町に向かったとしたら、あなたも半時間後には町にはいったはず。いままでどこにいたんです、サー？」

「なんと図々しい！」と、チベット人。「途中でなにかあって、着地して考えていたのだ。たんに眠っていたのとはまったく違う」

「なにがあったので？」

「忘れた。あんたには関係ないことだ。とにかく、町に行くぞ」

わたしは飛翔装置を作動させた。だが、離陸直前、ヘルメット・テレカムに興奮した声が響いた。

「トッパーよりロルヴィク！　攻撃されています！　助けてください！」

ロルヴィクが応答する声が聞こえた。

「ロルヴィクよりトッパー、相手はだれだ？　攻撃方法は？」

「さまざまな色と光度のエネルギー・ビームが、直線状に降り注いでいます。上空一キロメートルにいる、ヴァルベ人のグライダーから発射されているようです。ビームが接近してきます！　パラトロン・バリアを展開します」

「だめだ！」と、ロルヴィク。「バリアははるな、トッパー。そのビームは一種のゾンデ……」

テレカムから雑音が響き、通信がとぎれた。スペース＝ジェットの着陸地点あたりにまぶしい光が生じ、数秒間脈動してから、消えた。次の瞬間、巨大な爆発音がとどいた。

「ポカーの氷の神にかけて！」わたしは震えながら、思わずつぶやいていた。ふたりのソラナーの死……死んだのは疑いない……が、わたしをはげしく動揺させた。

「自己責任だな」と、ロルヴィク。「だからバリアをはるなといったのだ。たぶんほんとうにただのゾンデ・ビームだったのだろうが、ヴァルベ人はそこにもハイパー重力技術を使っていたようだ。肉体にはなんの影響もないが、その近くに次元エネルギー性のバリアをはったので、いわば、物質の極性転換が起きたのだな」

「極性転換？　反物質に変わったということですか？」

「そうではない。説明するには時間がかかりすぎるがとにかく、そういう現象が起きたということ」

「いまはあなたの理屈よりも、両ソラナーの運命が気になります。なにもしていないのに、冷酷に殺害されたんです」

「ゾンデを操作していたヴァルベ人も死んだろう」ロルヴィクがいった。「異質な技術と接触したときの効果までは、予期していなかったはず。トッパーはわたしの言葉に耳を貸すべきだった。あんたはいつも耳を貸さないがな、火星ナンキンムシ！」

「冗談をいえる気分ではありません」

「わたしもだ」と、ロルヴィク。「ソラナー二名だけでなく、《ソル》に帰還する手段だった、スペース＝ジェットも失ったのだからな。しかもヴァルベ人に、コリエトに異人がいると知られてしまった」

わたしはかぶりを振った。暗かったので、チベット人には見えなかっただろう。

「それはどうでしょう。異人は全滅したと考えるかもしれません」

「ふむ！　あんたのちいさな脳が、ほんものの思考プロセスのような結論を出すとは驚きだな。その結論が事実に即しているかどうかはすぐにわかる。あの町に向けてスタートしろ、ハイヌ大尉！」

わたしは無言で飛翔装置を作動させ、光が集まっているほうにコースをとった。建物のあいだには重力搬送路が、同じように明るく光をはなっている。

だが、その光景にはもう魅力を感じなかった。わたしの責任ではないが、無為に死んだ二名の宙航士のことが重く心にのしかかっていたのだ。

狂気じみた小陸下狩りが終わるまでに、《ソル》は惑星上にいくつの墓をのこしていくのだろうか……

3

郊外につくころには、どうにかおちついていた。

着地して飛翔装置を切り、あたりを見まわす。柱の上に建造された住居がはなつ光はわずかだった。窓からもれる明かりはなく、窓そのものがないようだ。空中に浮かんで、さまざまな色の光をはなつ球体と、搬送路の明かりがあるだけだった。その搬送路も、郊外ではだいぶまばらになる。

中心部に向かうほど居住泡の外殻の光は強くなったが、やはり窓は見あたらない。夜だというのに、搬送路の交通量は多かった。無数のヴァルベ人が行き来している。この距離から見ると、町はイルミネーションで飾られた蟻塚のようだった。グライダーはほとんど見られない。

ヴァルベ人の夜間活動はどうも気にいらなかった。この町の住人が爆発に気づいたのは確実だし、ロルヴィクとわたしの姿をまったく見ていないとも考えにくい。ふつうなら警戒態勢をとっているはずだ。住民は安全な場所に避難し、軍隊か、すくなくとも自警団のようなものが活動していてもよかった。

もちろん、ヴァルベ人の町のふだんのようすはわからない。だから搬送路の交通状況を見て、住民が爆発をまったく無視していると断言することもできなかった。それでも、どこか奇妙に感じられたのだ。

わたしはため息をついた。

異人の惑星に孤立し、どこから捜索を開始すべきかもわからず、ワシトイルで失踪した三人のソラナーの居場所も不明なままだ。

思わず戦闘服の前を開き、半透明の明るいグリーンの鎖につながったディスクをとだす。おや指ほどの厚さで、直径七センチメートルほど、材質はかすかに赤みがかって、光沢がある。

サグリア・エトが惑星プレーンドムで発見した、分子変形能力者が触れると致命的な作用をうけるアミュレットである。

分子変形能力者のことを考えると、あの奇妙な、とことん謎めいた生命体に、いつかまた会うことがあるだろうかという思いが湧きあがった。あちこちにいるのはまちがいない。プレーンドムとメダイロン星系はべつの銀河にあり、あいだには未知宇宙が横たわっているのだから。

だが、メダイロン星系を再スタートした《ソル》がいくつもの星系や惑星を訪れているにもかかわらず、分子変形能力者は一度も姿を見せていなかった。わたしはこれまでにも何度か、サグリアからこのアミュレットを借りていた。機会があれば、いくつか実験もしてみるつもりだった。火星にいたころ、同じようなアミュレットを発掘したこともある。残念ながら、それは本来あるべきマース・ポートの博物館ではなく、わたしの反対を押しきってテラニア・シティの歴史博物館に収蔵された。

人類のいなくなった地球での最近の任務で、わたしは分子変形能力者と遭遇した。かれらはいうまでもなく悪辣で、それればかりか、人類に敵対するクレルマクのために働いていた。人類とは正反対の倫理観を持っているようだ。

頭に鋭い痛みを感じ、その直後、あざけるような笑い声が聞こえた気がした。だが、振りかえってもだれもいない。ガイズ＝ヴォールビーラーのことを考えていて思考ブロックがおろそかになり、ロルヴィクにプシオン探知されて、プシオン性の〝棍棒〟で一撃されたらしい。

怪物をののしって、ふだんから無意識に維持している、思考ブロックを再構築する。

わたしはアミュレットをもどし、盗賊団で学んだ〝ナドゥン・ムクリペン〟の技を使った。〝光のなかの闇〟とでもいった意味で、ほかの生命体から光学的に見えなくなる。ほんとうに透明になるわけではなく、プシオン放射で相手に影響をあたえ、視覚ではとらえていても、意識がそれを認識できなくするのだ。

姿が見えていないと確信すると、わたしは重力制御された搬送路に向かい、まだ名前も知らない町のなかに運ばれていった。コリエトにも重力搬送路と、物質で建造して反重力フィールドで支えている道路があり、わたしは前者を選んだのだ。

＊

人工的に制御された重力線にそって浮遊していくのは、奇妙に心躍る体験だった。エネルギー性搬送路は多くの惑星で使われているが、その場合はいわゆる形態エネルギーにより形成される〝路面〟があり、メタルプラスティックの上に立つように、しっかりとその上に立つことができる。だが、この搬送路は、その上を浮遊して運ばれていくのだ。路面は存在しない。明るい光をはなっているのは、グライダーの操縦士が町なかを縦横に走る搬送路に突っこまないための配慮だろう。すくなくとも通行人は、重力搬送路を利用するのに光学的な助力は必要としていない。

すぐにわかったのは、発見されないようにするのがそうかんたんではないということだった。ヴァルベ人同士はぶつからないように苦もなく他人をよけていくが、わたしには重力が感知できない。搬送路の上でだれかにぶつかるのを避けるのは、かなりの難事だった。

だが、とうとう一ヴァルベ人とぶつかりそうになったとき、驚くべきことが起きた。相手が寸前でわたしをよけたのだ。

肩ごしに振りかえると、向こうも振り向いて背後を見ていた。だが、すぐになにごともなかったように進みはじめる。本人にとっては、実際、なにごともなかったのかもしれなかった。なにをよけたと思っただろう？　わたしが見えたわけではないが、なにかを感じたのだ。

いくら頭をひねっても、どういうことなのかわからなかった。ほかのヴァルベ人たちも、衝突しそうになるとわたしをよけていく。

搬送路上の重力の乱れを重力嚢《のう》で感知して、無意識のうちによけているのか？　だれかにぶつかる心配がなくなったので、わたしはヴァルベ人の観察に専念した。外観は事前にわかっていた。破壊されたヴァルベ船の残骸から救出し、〝ヴァルベの巣〟のことを教えてくれたコエルラミンスを、《ソル》の医療ステーションで見ていたから。

そのあと《ソル》のエレクトロン望遠鏡で、ワシトイルのヴァルベ人をくわしく観察してもいた。それでも、この生命体の存在には、なかなか慣れることができない。

そもそも姿からして、じつに特異だ。ヴァルベ人のからだは上下ふたつの球体と、あいだをつなぐ、腰に相当する扁平な支柱から成る。胴体と頭部は一体で、頸はなく、わずかなくびれがあるだけだった。

その頭部は、わたしの知る知性体の頭部のなかでも、もっとも奇妙なものだった。基本的には犬に似ているが、鼻面《はなづら》のように跳びだした部分の長さは三十センチメートルにもなる。頭蓋のかたちも犬に似るが、上部にふたつの突起があり、そこに大脳がおさまっていた。突起は後頭部に向かって細くなり、その末端には長さ二十センチメートルほどの、明るい赤色の嚢状器官があった。この器官は太い角質の盾に守られ、盾の下のほうには長さ数センチメートルの棘が何本も生えていた。

この嚢状器官は重力嚢といい、ヴァルベ人はこれを使って、重力線やさまざまな重力の影響を感知し、仲間を見分け、自分の周囲の重力を利用するのである。たとえば、質量のない搬送路の比較的弱い重力線を利用するため、体重を軽減させることもできる。

わたしははっとした。

わたしには重力嚢はなく、体重を軽くすることも、純粋な重力エネルギーでできた搬送路上に、自分を保持することもできない！

そう思った瞬間、わたしは落下した。かたい地面をもとめて両手を伸ばす。弱い光のなかで、地面は下方に、輪郭だけが見えていた。

なぜこんなことが？　さっきまでは重力線に支えられていたのに。それが間違いだったのか、いま、落下していることが間違いなのか。

だが、地上に落ちて骨か頸を折る前に、わたしは飛翔装置のスイッチをいれた。大重力のせいで速度がついていたので、反重力発生装置だけでなく、小型だが強力なパルス・エンジンにも点火した。吸入した空気を加熱してプラズマ化し、ノズルから噴射する装置である。

ふらつきながらも確実に二本の搬送路を避け、ちいさなドーム型建築物のそばに着地。建物を支える柱はすこし曲がって、一部が壊れかけていた。

心の準備もできないうちに、一ヴァルベ人が開口部にあらわれ、身をかがめて、ふたつの複眼でこちらを見た。

まだナドゥン・ムクリペンの技は使っているのだが、姿が見えるのだろうか……？

＊

わたしはすばやくアームバンド・トランスレーターのスイッチをいれた。ヴァルベ人が話しかけてきたら、礼儀として返事をしなくてはならない。そのためには、相手の言葉を理解しなくては。

「なにかあったのか?」ヴァルベ人の声と同時に、トランスレーターが翻訳する。

「そういっていいでしょう」言葉をかわした以上、礼儀として、わたしはナドゥン・ムクリペンを中止して姿を見せた。「そちらに行ってよければ、なかで話を……」

ヴァルベ人は空中に跳びだした。重力嚢があるから可能な技だ。宙返りして、まったく同じ場所に着地する。

わたしはただちに飛翔装置を作動させ、ヴァルベ人のそばに着地すると、すぐにまたスイッチを切った。

「驚くことはありません。わたしはタッチャー・ア・ハイヌ、《ソル》からきました。この宇宙船のことはお聞きおよびかもしれませんが、わたしはあなたがたを虐待したテラナーではなく、aクラス火星人です。aクラス火星人は、マナーのよさでよく知られています」

「aクラス火星人?」ヴァルベ人が訊き返した。

「聞いたことはないでしょうね」わたしは親しげに応じた。「火星はとても遠いですから。ところで、お名前は？」

わたしは興味深く、だが失礼にならない程度に、ヴァルベ人の肉体を観察した。男性なのはまちがいない。明るいブルーの、一種のコンビネーションを身につけている。見えている部分の皮膚は、すでにわかっているとおり、ゴム状で、色は暗いグレイだ。

ヴァルベ人は答えない。無理もなかった。aクラス火星人に出会うというのは、しばしばあることではないから。驚くのは当然だった。

「《ソル》の話は聞いていますか？」

「ああ、〝人類〟と称する者たちが乗った、宇宙船のことは知っている。映像も見たが、あんたはすこし違うようだ。小柄で、上体がおおきく、顔の皮膚がしわだらけだ」

「それがaクラス火星人なのです、友よ」わたしは軽く憤慨していった。「皮膚のしわは、いわば、われわれのトレードマークでして。とても誇りに思っています」

「よくわからないな」と、ヴァルベ人。「ところで、わたしはゴエトニルだ」

「けっこう、これで話が進みます。さて、ゴエトニル、ひとつ問題があるのです。わたしは搬送路の重力線に〝浮かんで〟いたのですが、それが比較的弱い重力線で、重力嚢のないわたしの重さを支えきれないと気づいた瞬間、落下しました」

「ごくちいさいようだな」ゴエトニルはわたしの喉仏を指さした。

「これは重力嚢ではなく、発声器官です。質問なのですが、なぜわたしは、不可能だと気づくまで、重力線に〝浮かんで〟いられたのでしょう？　気づいた瞬間に落下したのです」

「話がよくわからないのだが、タッチャー・ア・ハイヌ。生命体なら、重力を感知して操作する器官はかならずあるもの。無意識にそのスイッチを切ってしまったとしか、説明のしようがない。だが、負傷したわけではないのだから、ふたたび重力器官を作動させたわけだろう」

「論理的に聞こえますが、事実に適合しません。わたしには重力器官がないのです。技術的手段で重力を操作しただけで。どうやら困難な問題のようです」

「同感だ！」鈍重な声が背後から聞こえた。「なにをしている、火星流砂泳ぎ！　現地の情報を収集しろという命令を無視して、ありもしない重力器官の話とは！」

ゴエトニルはまた宙返りをした。どうやら驚きの表現らしい。無理もなかった。ダライモク・ロルヴィクは、本来の姿ではなかった……本来の姿などというものがあるとして。三つの赤い光が輝く、霧の姿をとっていたのだ。

「どういうことです、サー？」わたしはチベット人に向きなおった。「この男の信頼を得られそうだったのに、そんな姿で割りこんできて、だいなしではないですか！」

ヴァルベ人は着地していたが、住居の開口部近くに後退して震えている。

「その姿がゴエトニルをおびえさせているのがわからないので？」

「姿のせいではない！」と、ゴエトニル。「外観はどうでもいい。問題は、個々の重力場が全体と調和しているかどうかだ。ここにあらわれた重力場は、カオスのきわみだ」

「ロルヴィクの場合、カオスのきわみなのは重力場だけではありません」と、わたし。

チベット人はいきなり本来の姿にもどり、わたしの脇腹を突いた。わたしはあぶなく転倒するところだった。

「くだらん！」ロルヴィクはゴエトニルを見据えた。「わたしは異人だから、重力場が奇妙なのは当然だ！　ゴエトニル、あんたに訊きたいことはひとつだけ、このコリエトにいるはずの、《ソル》の乗員三名の所在だ。なにか知っているか？　話せ！」

わたしは異知性体に対するチベット人の無礼な態度に憤慨したが、ヴァルベ人はややおちついたらしく、さっきよりもおだやかな声で答えた。

「その話は知らないが、コリエトにいるなら、フイセンスだろう。惑星首都で、重力魔術師の住居もそこにある」

「なんだと？」と、ロルヴィク。「コリエトにも重力魔術師がいるのか？」

「重力魔術師はひとりしかいない……だが、どこにでもいる」ヴァルベ人は謎めいた答えを返した。「だから、コリエトにもいる。住居はフイセンスの郊外だ」

「おもしろい！」怪物は両手を腰に当て、わたしに顔を向けた。「つまりあんたが、見当はずれの話でゴエトニルを混乱させていたわけだ。わたしが尋問したら、すんなり情報が得られた。よくおぼえておいて、次回に生かすことだな」

ふたたびゴエトニルに向きなおる。

「コリエトのこと、もっとくわしく聞かせてもらおう！」

4

クーン・ツブラは闇の奥を見透かそうとした。ひろいホールにいるらしいが、なにも見えないので、確認できない。

「クーン？」ささやき声が聞こえた。女の声だ。

「ここだ」探知技師は答えた。なんとかおちついて、目ざめた直後のパニックはおさえこんでいる。

「ぼくはここだよ」十九歳の天文観測員の声は、恐怖に震えていた。「何者かに、どこかに連れてこられたらしい。おそらく、ここはワシトイルじゃないよ」

「わたしたち、どこにいるの？」声の主はターリイ・アンターナク、二十八歳のインフォ・アーカイヴ職員だ。

「とにかく、おちつくんだ」と、クーン・ツブラ。「まだ、なにかされたわけではない。運河を見にいこうとして、意識を失った。目ざめたときには、なにか恐ろしいことが起きたという感覚があった。だが、それは状況の異常さがそう思わせただけかもしれない。建物内を調べてみるのがいいと思う。ここは建物のなかだろう?」

「武器がない」ゴンドル・グレイロフトがいった。

「当然だ。ワシトイルには平和的な来訪者として着陸したのだから。《ソル》を出たほかの千人はどうしたんだろうな」

「《ソル》を出るんじゃなかったわ!」と、ターリイ・アンターナク。「あそこが家なんだから。どうして惑星に降りようなんて思ったのかしら。安全な内側じゃなくて、外側の、惑星表面なんかに」

「起きてしまったことはしかたないさ、ターリイ」クーンがなだめるようにいう。「こっちにくるんだ。きみもだ、ゴンドル! 壁づたいに進んでいって、出口を探そう」

仲間の足音が聞こえた。自信ありげな声に力づけられたらしい。自分を力づけるためだったんだが、と、クーンは思った。闇のなかでじっと耳を澄ます。聞こえるのは仲間の足音だけだ……ほかに自分の息づかいも。

ここはまったく異質だ! と、考える。《ソル》のなかなら、近くのインターカムからだれとでも話ができる。明るく、暖かく、船内のざわめきやしずかな機械音が安全を確信させてくれる。ここはすべてが異質で、不気味だった。

足音でふたりがすぐそばにいるとわかると、クーンは両手を伸ばした。ふたりの手を感じる。手が触れたことで、ひとりではないと実感できた。

「行こう！」と、クーン。

触れあった手をはなし、冷たく滑らかな壁を手探りして歩きだす。仲間の息づかいと足音があとからついてきた。震える指がまさぐる壁は、終わりがないかのようだった。

あきらめかけたころ、かちっと鋭い音がした。いままで触れていた壁がなくなっていた。壁がスライドした感覚が指先にのこっていた。

「扉が開いた」と、ささやく。

「なにか見える？」と、ターリイ・アンターナク。

クーン・ツブラは目の前の、底しれない闇に目を凝らした。絶望がこみあげてくる。だが、かすかな光が見えないか？　点光源のごくちいさな明かりが？

絶望が希望に変わった。

「ごくちいさな光がある。あたりのようすがわかるほどではないが」

開いた扉を通って先に進む。ほかのふたりも、光が見えないまま接触がとぎれるのを恐れるように、急いでそのあとを追ってきた。足がもつれ、転びそうになる。

「気をつけろ！」クーンは後続のふたりに憤然と注意した。恐怖が暴力というかたちで噴出しそうだった。

次の瞬間、怒りに駆られたことを恥じている。三人のなかの最年長なので、無意識に指導者として動いていたのだ。やめようと思っても、最年長という事実は変わらない。

手探りでふたりの手をとり、進みつづける。ターリイとゴンドルは子供のようにあとをついてきた。クーンはそれを滑稽とは思わず、連帯感と責任感をおぼえた。

数歩進むと、前方の明かりがはっきりしてきた。もはや点光源ではなく、円形であるとわかる。やがて光が闇にかこまれているのがわかった。周囲は光沢のある金属か、メタルプラスティックだ。ついてみると、光源は壁面の穴だった。

足を止め、考える。

「罠かもしれない」ゴンドル・グレイロフトがいった。

「なにかの試験なのかも」と、ターリイ・アンターナク。「ヴァルベ人は人類をほとんど知らないわ。極限状態での行動を通じて、心理を分析するつもりじゃないかしら」

「可能性はある」と、クーン・ツブラ。「だが、わたしはそうは思わない。これを開けてみるべきだろう」

片手を円形の光源にかざすと、次の瞬間、扉が左右に開き……その向こうに長方形のホールがひろがった。壁面にはいくつもの窪みがあり、そこからブルーの光がはなたれていた。

＊

三人はわずかにためらったあと、決然とホールにはいった。手はもうはなれている。

「こんな場所、はじめてだわ」ターリィがつぶやいた。

クーンは数歩足を進め、壁の窪みのなかを見つめた。光源の輪郭ははっきりとわかったが、それは不定形のゼラチン状のなにかだった。直径六十センチメートルほどのものがつねに動きつづけ、ブルーの光をはなっている。自由に浮遊しているが、窪みから出てくることはなかった。

クーンは振り向いて、反対側の壁の窪みを見た。見えるものは同じだ。

ターリィも同じものを見て……甲高《かんだか》い悲鳴をあげた。クーンは無力感をおぼえ、手を伸ばそうとしてためらった。

ゴンドルは立ちつくしている。なぜターリィが悲鳴をあげたのかは不明だが、ゴンドルの蒼白な顔と震える唇を見れば、かれもヒステリーを起こす寸前とわかる。

なにかしなくては。だが、なにを？　宙航士としての基礎教育と探知技師としての専門教育は、とてもすぐれたものだった。だが、こういう状況でとるべき行動は教えられていない。

「しっかりしろ！」と、自分を叱咤《しった》する。「くそ、しっかりするんだ！」

ターリイ・アンターナクがしずかになり、すがりつくようにクーンの腕をつかんだ。頬には涙が流れている。

クーンはその肩に腕をまわした。太古の保護本能は、かれのなかにも眠っていたのだ。たぶん、ずっと。とにかく、それでターリイはおちつき、ゴンドルはゆっくりと足を踏みだした。

「慣れ親しんだ場所となにもかもが違うからといって、おびえる必要はない」クーンが力強くいった。「この光を発しているものは、壁の窪みから出てこない。生命体でさえないと思う」

ゴンドル・グレイロフトは意を決して窪みのなかを見た。ターリイの反応から、もっと恐ろしいものを予期していたのだろう。とりみだすことはなく、笑みさえ浮かべたほどだった。

「恐ろしいというより、奇妙だな」と、いって、そっとターリイの肩に触れる。「心配ない、《ソル》にはもどれる」

クーンは一瞬、ゴンドルの態度の急変にとまどった。だが、すぐに思春期や成人後の経験を思いだし、ターリイの肩を抱いた自分に、若い天文観測員が嫉妬しているのだと気づいた。ゴンドル自身、なぜそんな反応をしたのかわかっていないだろう。

クーンはターリイの肩にまわした腕をほどいた。

「わたしも《ソル》にもどれると思う。最初の接触で、ヴァルベ人が平和的な、偏見のない種族だとわかっている。われわれを虐待するはずがない。たぶんこれはなにかの間違い、メンタリティの違いから生じた誤解の結果だろう」

ターリイは勇気づけられたようにうなずき、涙を拭《ぬぐ》った。

「そうよね、クーン。とにかく、ありがとう。おかげで気分がよくなったわ」

ゴンドルが背筋を伸ばした。

「ぼくたちをたよりにしていいんだ、ターリイ。だいじょうぶ、船にもどれば、笑ってこの話ができるようになるさ」

クーンはゴンドルの蒼白な顔と震える唇を思いだし、微笑しそうになるのをおさえた。保護をもとめるターリイの態度が、ゴンドルに影響をあたえたのだろう。刺激によって血中に分泌された少量のホルモンが、臆病な男を、全能感にあふれた強い男に変えるのだ。

「落ちこむ必要はない」と、クーン。「ペリー・ローダンはだれも失望させたりしない。

まかせておけばだいじょうぶだ」

同時に、心のなかではこう思っていた……不思議だな。ペリー・ローダンに希望を託しているが、その相手は、ほとんどのソラナーが、自分たちをこんな危険な旅に巻きこんだ張本人だと思っている人物だ。結局、われわれ全員、その強力な個性に魅了されているのだろうか？

目のすみに、壁の窪みのひとつに決然と近づくゴンドルの姿が見えた。

「よせ、ゴンドル。その物質の正体は不明だ。触れると危険かもしれない」

だが、ゴンドルは嘲笑して進みつづけた。

勇敢なところを見せようと焦っているのだ。クーンは急いであとを追ったが、まにあわなかった。

ゴンドルが青い光をはなつ物質を両手でつかんだ。それは指のあいだで身をよじるように動いた。

「ぼくを恐れている！」ゴンドルが勝ち誇って叫ぶ。

クーンは追いついて、ゴンドルの肩をつかんだ。その手をはらいのけようと振りかえった相手の顔を、平手でたたく。

ゴンドルは衝撃で後退し、探知技師に憎悪の目を向けると、突進するようすを見せた。

だが、クーンの視線に射すくめられ、たちまち戦う気が失せたようだった。

「今後の行動はわたしが指示する!」と、クーン。「きみは命令にしたがってもらう。わかったか、ゴンドル?」

ゴンドルはクーンに平手打ちされて指の跡がついた頰を押さえた。

「わかったよ、クーン。悪かった。でも……」

「なにもいわなくていい。秩序は回復したからな。ここには長居しないほうがいいだろう。べつの出口を探す。外に出られれば、状況もはっきりするはず」

＊

だが、明暗の交錯する奇妙な部屋と通廊を一時間調べて、自信はふたたび揺らぎはじめた。

三人は足を止めた。

そこはメタルプラスティックの壁にかこまれたドーム型ホールだった。壁面には無数のおおきな肉垂状の突起があったが、その意味は三人のソラナーにはわからなかった。肉垂状突起のそこここに、血のように赤い光点が見える。これもまた意味がない……すくなくとも、人類にとっては。

「いつまで歩きまわるの?」ターリイ・アンターナクが疲れた口調でたずねた。「とてつもなくおおきな建物のなかにいるようね」

クーン・ツブラは答えようとしたが、すぐにその気をなくし、なにもいわなかった。なにか名状しがたい、だがなにか意味がありそうな感覚がある。

「いまのはなんだ?」ゴンドル・グレイロフトがいった。

探知技師は驚いたように、仲間に顔を向けた。

「きみもなにか感じたのか?」

「あなたも?」

「遠い呼び声のようだったわ」と、ターリイ。

〝呼び声〟という言葉に、クーンははっとした。左手をあげてアームバンド・テレカムを作動させ、仲間の顔を見る。

「どうしていままで、《ソル》に連絡することを思いつかなかったのかな」そういって、呼びだし信号を発するセンサーに触れる。

「まったく、どうしてだろう?」ゴンドルは急に力がぬけたように見えた。

ターリイは額にしわをよせた。

「ほんとうに、理解できないわ。目がさめたとき、まっ先に考えてもいいことなのに。

どうしていままで思いつかなかったの?」

「ショックのせいかな」と、クーン。「無意味だと感じていたのかもしれない。《ソル》からも、だれからも連絡がなかったから、通信波が通過できないのかもしれない」

「それとも、ここはもうワシトイルではないか」と、ターリイ・アンターナク。

「ハイパーカムがあれば、こちらからは無理でも、《ソル》からの送信はうけられたかもしれない」ゴンドル・グレイロフトがいった。

「ハイパーカムがないのに、いってもしかたがないだろう」クーン・ツブラはいらだちながら答えた。「われわれがやるべきなのは……」

緊張して、ふたたび耳を澄ます。やはり遠くからの呼び声を聞いたような気がする。ただ、そのメッセージは理解不能だった。ほんとうにメッセージだとしても。

クーンはゆっくりとドームの壁に近づいた。その部分にほかと変わった点はないが、探知技師にはなにか目的があるらしい。壁の前で腕をあげ、手を伸ばす。まるで異人に指示されているような動きだ。手をひっこめようとして、ふたたび伸ばし、指先で壁の赤い光点に触れる。

おおきな音が響き、空気が震えた。二枚の扉が音もなく開き、細い通廊があらわれた。壁ではなく、扉だったのか! クーン・ツブラはそう思い、もっと重要なことがあるのに、こんな陳腐なしかけに感心している自分に驚いた。もっと重要なことがある、という点にはまだ確信がなかったが、驚きもなかった。遠くから聞こえていたような呼び声がすぐ近くから聞こえるようになったことにも、驚きは感じない。

興奮に駆られ、急ぎ足で細い通廊にはいる。あまり興奮していたので、通廊がゆるやかにらせんを描き、歩いていた床がやがて壁になり、天井になっていることにも気づかなかった。だが、落下することはない。

通廊が終わった。

さっきまであった壁が、いきなりなくなった。だが、クーンは不安をおぼえない。魅せられたように、頭上にひろがる球型の空間と思えるものを見つめる……

＊

クーン・ツブラは瞬時に魅了された。

探知技師にとって、球型空間以外のものは、もう存在しなかった。自分がひとりではないことにも気づかない。重要なのは自分がそこにいることだけだった。

知覚も徐々に変化していた。あらたな現実が滑らかに形成されていく。クーンは球型空間の中心部へと移動した。同時に球体は膨張し、天井の中心部に向かって泡のようなふくらみが生じた。ふくらみのあいだではらせん状の構造物が伸び縮みし、その背後からライトグレイの光が射して、壁面にさまざまな模様を描いた。

パターンは特定のリズムで変化し、ソラナーの脳に情報を送りこんでくる。クーンは目が痛くなった。それでもすこしずつ、光のパターンの変化に慣れてくる。

光の変化がほとんど気にならなくなったころ、奇妙にもホールの半分をおおっていた闇のなかから、球状のものがクーンの頭上に近づいてきた。急にそこに出現したのか、たんに見えるようになっただけなのかは、よくわからない。球体の内部から脈動する光が透過し、液体なのか気体なのか、なかに乳白色のものがはいっているのがわかった。

クーンは心理的圧力をうけ、うめいた。左右からもうめき声が聞こえ、自分がひとりではなかったことを思いだす。だが、次の瞬間にはふたたびなにもわからなくなった。

圧力がやんだ……あるいは、感知できなくなった。クーンは一種の期待感に満たされた。生涯何度も感じた気分だが、これほど強かったことはない。われを忘れてそのなかにひたり、肉体のことは意識しなくなった。

驚きに目をまるくして、球のなかでなにかが動くのを見る。乳白色の内容物のなかに不定形の塊りが浮かんでいた。それが徐々にかたちをなしていき……突然、性別のない、裸の人間の姿になった。

「クーンツブラ……ターリイアンターナク……ゴンドルグレイロフト！」

声がドーム内にゴングのように反響した。

クーン・ツブラはため息をついた。左右からもため息が聞こえた。

「ヴァルベ人はわたしを重力魔術師と呼ぶ。おまえたちはヴァルベ人ではないから、人間の姿に見えているはず」

探知技師はふたたび心理的な圧力を感じた。重力魔術師の言葉を理解するには、この圧力が必要らしい。〝重力魔術師〟という呼び名ははじめて聞いたが、ごく自然にうけいれることができた。

「おまえたちは《ソル》と呼ばれる宇宙船からきた」声はさらにつづいた。「おまえたちが、地球と呼ばれる惑星にかつて居住していた人類の前衛だということはわかっている」

「われわれ、人類の前衛ではない」クーン・ツブラは思わずそう答えていた。

不協和音が鳴り響いた。苦痛だったが、音はすぐに消え……同時に苦痛も消えた。

「ここで意識的に嘘をつくことは不可能だ」と、声が響く。「ゆえに、おまえの異議をうけいれる、クーンツブラ。おまえたちは人類の前衛ではない。では、人類に対するおまえたちの使命はなにか？」

「なにもないわ」ターリィ・アンターナクが答えた。「わたしたち、人類の子孫だからというだけで、無意味な小陛下狩りにひっぱりだされたのよ。わたしたちはテラナーじゃなくて、ソラナーなの」

ふたたび不協和音が響き、しずかになった。

クーン・ツブラは、重力魔術師があらたな手がかりに驚いて黙りこんだような印象をうけた。それでもじっと待ちつづける。心理的な圧力はまだクーンをとらえていた。

5

ゴエトニルはコリエト入植の歴史と、最初のおおきな町の建設と、重力的に中性な鉱石、ビオプトロンの鉱床開発で、コリエト経済が大発展したことを語った。

ビオプトロンはおもに重力ハッチの建設に使用された。そこを通過する人やものを、外部の重力の影響から守るための施設である。

ロルヴィクもわたしもその話にはあまり興味がなく、あとで悔やむことになった。興味深かったのは、ヴァルベ人の宇宙船の推進方法だった。

ヴァルベ人の宇宙船が宇宙の重力エネルギーを推進力として利用していることはわかっていたが、超光速エンジンも同じ原理にもとづいていることが、はじめてわかった。遷移エンジンでも、リニア・エンジンでもない。外殻への重力負荷を増大させると、外殻は強くブルーに輝きはじめる。すると、宇宙船は、その宇宙の重力歪曲定数からはじきだされ、超光速に到達するのだ。超光速飛行の距離は重力負荷のおおきさに依存する……つまり、間接的に、通常空間での速度に左右される。

ダライモク・ロルヴィクはすべてを額面どおりにうけとっていたが、わたしは〝重力歪曲定数〟という表現にひっかかった。定数とは、通常物理学でもハイパー物理学でも、実際の計算において便宜的に使用する数値だ。だが、ヴァルベ人は明らかに、そこにべつの意味をこめていた。いずれにせよ、超光速エンジンは完璧に作動するようだ。

ヴァルベ人の宇宙技術は、われわれが知るかぎりもっとも経済的、単純、かつエレガントなものといえる。ただ、これは最初から重力を自由にあやつれる種族ならではの技術だ。つまり、〝ヴァルベの巣〟の住人ならではの。

いずれにせよ、この技術の加速度の上限は毎秒毎秒六十キロメートルであり、平和目的にしか利用できないだろう。それでもヴァルベ人は満足している。ほんものの戦闘艦にはもっとおおきな加速度が必要だ。それが生死を分けることになるから。

その点をたずねると、ゴエトニルはしばらく考えこんだ。

「ヴァルベ人に戦闘艦は必要ない。重力魔術師に守られているから」

「だとすると、重力魔術師とは何者か、ということになるが」と、チベット人。「どんなやつなんだ、ゴエトニル？」

「見た目はヴァルベ人だ。わたし自身は会ったことがない。コリエトに十一人いる惑星管理者が重力魔術師の結び手を兼ねていて、不定期に呼びだされ、面会する」

「重力魔術師は神のように崇《あが》められています」わたしは感想を述べた。「同じヴァルベ人なのに、なぜでしょう？」

「あんたは質問ばかりだな、タッチャー」ロルヴィクが侮蔑的にいう。「まず、なぜ自分は論理的思考や、首尾一貫した計画の策定ができないのかと自問してみたほうがいいぞ」

ゴエトニルは怪物の反論の意味がわからないようだったが、こう答えた。

「記録もない遠い昔、魔術師ははじめて公衆の前に姿を見せ、重力の法則をすべて無視した動きで賞讃された。それだけではない。完全に重量が失われる、重力基準点がつくれることを証明したのだ」

「なるほど、それで〝重力〟魔術師と呼ばれたわけですか。体重のことかと思っていたのですが」わたしは意味ありげに横目でチベット人を見た。

「やめておけ、しなびた火星ノーム。問題は肉体の美しさではなく、魂の美しさなのだ」

ロルヴィクはヴァルベ人に向きなおった。

「重力魔術師はフイセンスに住んでいるのだな。行き方を教えてもらおう！」

ゴエトニルは重力搬送路とグライダーを乗り継ぐ複雑な経路を説明しはじめたが、ロルヴィクはすぐにしびれを切らした。

「フイセンスがある方角を、指さすだけでいい」

ゴエトニルが指さしたのは、北東の方角だった。

「感謝する！　悪いが、われわれに関する記憶を消去しなくてはならない。ヴァルベ人すべてがあんたのように友好的ではないようだから。テレパシーで接触できないので、すこしむずかしいが」

「いっしょに連れていっては？」わたしは提案した。

「あんたが背負っていくか、火星怪物？　ヴァルベ人も人類と同じ欲求があるだろうから、問題が複雑になるだけだ」

ロルヴィクはヴァルベ人の鼻面に片手を伸ばし……ゴエトニルは甲高い悲鳴をあげて、すばやく住居の奥に逃げこんだ。

ロルヴィクがそのあとを追う。

そこらじゅうを追いかけまわす音が聞こえ、ふたたび悲鳴が響いて、しずかになった。

しばらくして、チベット人が戸口からあらわれた。左目が腫れあがり、色が変わっていた。

「すばしこいやつだった。おまけに超能力でもつかまらない。数回やってみて、やっとうまくいった」

「左目はその代償ですか」

次の瞬間、ロルヴィクは両手でわたしをつかみ、からだを持ちあげ、住居のプラットフォームから投げ落とした。

「フイセンスに行くぞ！」

わたしは急いで飛翔装置を作動させた。骨折するところだった。姿勢を安定させ、フイセンスの方角に飛行しながら、心のなかでチベット人にこぶしを振りあげる。わたしを虐待したことを、きっと後悔させてやる。

*

巨大な球体はブルーがかった合金製で、巨大都市の中心に浮かんでいた。球体のなかには大型プラットフォームがあり……その上下に不可視の牽引ビームで無数の奇妙なマシンが固定されていた。人類ならだれが見ても奇妙だと思うだろうが、プラットフォーム上を行き来している生命体にとっては日常の光景だ。

巨大球の門をくぐったそのヴァルベ人も、その光景は知っていた。ただ、しばしばここにくるわけではないので、日常的とまでは感じない。それでも堂々と進んでいくのは、その男がコリエトに十一人いる惑星管理者のひとりで、重力魔術師の第三の結び手だったからだ。

べつのヴァルベ人が急いで進みでて、その男に挨拶した。

「よくおいでくださいました、惑星管理者バシトル！」

男は足を止め、大型プラットフォーム上のマシンを見つめた。高さ三十メートルの洋梨型のマシンで、直径はいちばん太い部分で十七メートル、いちばん細い部分で八メートルあった。細いほうの先端はべつの巨大装置につながっている。そちらはヴァルベ人の後頭部にそっくりだった。揺れるキャットウォークが洋梨の最下部から最上部まで伸び、隣接する装置にもつながっていた。

バシトルは高みを見あげ、心強く感じた。エレガントな曲面を描くシールドがメタルプラスティックからひろがり、施設全体をおおっている。シールドは象徴的なものだった。施設に危険をおよぼすものなどないから。ただ、ヴァルベ人にとって心理的に必要なものでもある。それがなければ不安がひろがっていただろう。

「重力水準器はまだ強い不調和をしめしているそうだな。ただし、原因はとりあえずとりのぞかれたとか」バシトルは出迎えにきた男……コリエトの首席重力管理者ポエルモンスにいった。

「そのとおりです、惑星管理者バシトル。原因不明の事故により、異人の小型宇宙船とわれわれの調査チームが消滅し、これで不調和は解消するものと期待しました。ところが、不調和はおさまりませんでした。変化したものの、消滅はしなかったのです」

バシトルは考えこみながら、首席重力管理者につづいてキャットウォークに近づいた。ヴァルベ人の惑星にはすべて重力水準器が設置されている。ヴァルベ人の精神は重力場の微小な変化にも敏感に反応するため、水準器は不可欠だった。

重力水準器はきわめて精密な装置だ。その惑星の重力場の変動を、非常にこまかく計測する。一ヴァルベ人の誕生や死亡さえ感知するほどに。ただ、そうした変動は自然のなりゆきであり、惑星の個別の重力線に関連して生じる一般的な事象だった。

惑星管理者は無意識に重力嚢の能力を使い、ほとんど浮遊するようにキャットウォークを登った。登りきると、十六メートルの高みから下を見おろす。ヴァルベ人は高所恐怖症とは無縁だ。

だが、メイン・モニターを見たときは恐怖をかくせなかった。これまで観測されたことがないほどおおきな不調和が表示されている。遠くはなれたふたつの世界のあいだの、震動する重力場が原因にちがいない。

「ワシトイルにあらわれた、人類と称する存在の数値は検証したか、ポエルモンス？」

「もちろんです」コリエト一有名な科学者でもある首席重力管理者は答えた。「人類なる者たちには、震動重力場がありません。だからこそ千人もの訪問者をワシトイルに着陸させても、問題がなかったのです。重力調和を攪乱しない……というか、調和のなかに閉じこめられてしまいますから」

「つまり、この不調和の原因は人類以外の生命体ということか」

「その確率が高いでしょう」重力水準器は四次元ベースのみで作動するマシンではない。基本的にはハイパーポジトロニクスであり、死者の重力嚢からの抽出物で放射を増幅して分析している。

これによりわかるのは、高圧量子の変化によって生じる、惑星ごとに異なる重力と物質の混合比である。この混合比の変化の幅は惑星固有のもので、調和が乱れないようになっている。ある程度の攪乱は起きるが、これまではつねにそれを鎮静化する力が働き、調和はたもたれてきた。

だが、今回は不調和があまりにおおきかった。宇宙の調和が不吉なほど乱れている。生命体が原因だとしたら、それはまさに邪悪さの化身だろう。

ポエルモンスの説明が終わると、バシトルは考えこんだ。重力水準器の表示がおおきく乱れ、攪乱源が探知できないことは、自分の目でたしかめた。だが、惑星管理者は一般のヴァルベ人よりもはるかに聡明だった。この重力調和の乱れが、宇宙を揺るがす事件の一端だと気づくほどに。

「攪乱源が判明するまでここで待つ。判明したら、攪乱要因はすみやかに排除する」

＊

フイセンスをはじめて見たとき、わたしは思わず息をのんだ。

それはまさに最高の都市、魅惑の町だった。広大な高地平原にひろがる都市は、異国的な美にあふれていた。確実に固定された、部分的には見苦しいところもある建物の上に、重力エネルギーの目に見えない糸に支えられ、大中小さまざまな居住泡がならんでいる。ひとつの泡が、ときには百メートルもの高さにそびえている。その周囲には、市街からはなれることなく、ほかの建物が浮かぶように建っていた。

輝く搬送路が何本もからまりあって、巨大な繭《まゆ》のようにはるか遠くまで町をつつみこみ、まるで宝冠のようだ。

わたしは丘の上に着地し、町の光景に見とれた。ダライモク・ロルヴィクがすぐ横に着地したことにも気づかなかった。

長いこと町を見つめ、ようやく顔を横に向けたとき、はじめてチベット人を発見したのだ。一瞬、なぜ叱責しなかったのだろうといぶかる。かれの目に、わたしはひどい怠け者とうつっているはずなのに。やがてその理由が判明。ロルヴィク自身、惑星首都の光景に目を奪われていたのだ。その赤い目には見たこともない奇妙な光があった。

だが、そんな状態が長くつづかないのはわかっている。ぼんやり寝ころんでいるところを見られたら、また虐待されるにきまっていた。わたしはスタートし、さらにフィセンスに接近した。怪物がわれに返って、わたしがいないと知ったら腹をたてるだろうが、知ったことか。

フィセンス到着前に夜が明けた。ロルヴィクとわたしは大陸を越え、海を越え、べつの大陸を半分ほど横断して、休憩もとらずに飛びつづけていた。休息しようと水を向けても、ロルヴィクは低くうなるだけだったのだ。

だから今度も休憩をとることは考えなかった。どうせロルヴィクに発見されてしまうから。ゴエトニルの話で、重力魔術師の住居はフィセンス郊外にあるとわかっている。わたしは西に向きを変え、町の周囲を飛んで重力魔術師の住居を探すことにした。

町の中心部には……中心部上空には……異様な建造物があった。ブルーに輝く材質の巨大な球体が浮かんでいるのだ。周囲の居住泡とは明確に区別されている。なにか特別なものが収容されているにちがいない。

だが、まずは重力魔術師の住居だ。ロルヴィクよりも先について、しばらくでいいからじゃまされずに話ができれば、チベット人があたえるにちがいない悪印象を多少は緩和できるだろう。

細い柱で空中に持ちあげられた居住泡のそばを慎重にかすめる。だが、どれも中心部の建物にくらべて見劣りし、目的の住居ではなさそうだった。

ゴエトニルがロルヴィクの粗雑さに腹をたて、誤情報を教えたのではないかという疑念がふくらんだ。町の外部を半周しても、重力魔術師の住居にふさわしい建物が見えてこないのだ。

そのとき、一本の重力搬送路が注意をひいた。もつれあったべつの搬送路から分岐して、フイセンスの外の高地平原の特徴である草原へと伸びだしている。

こんな町の外まで伸びている搬送路を見るのははじめてだった。最初のシュプールだ。搬送路にそって速度をあげて飛んでいくと、それは五キロメートルほど先、草原のまんなかでとぎれていた。

いや、その印象は間違いだった。重力搬送路はとぎれたのではなく、地面すれすれに近づいて、草に紛れて見えなくなっただけだった。

それが伸びている方角に目を凝らすと、距離は判然としないが、遠くに青い光点が見えた。本能的に、それがもとめるシュプールだとわかった。この惑星にあって明らかに異質で、異質ななにかに関係しているにちがいない。

異質なものといえば、重力魔術師にきまっている。

わたしは搬送路のそばに着地し、凝集口糧をとりだすと、栄養価の高い乾燥した塊りをゆっくりとかじった。重力魔術師と対面するなら、心身ともに最高の状態にしておきたい。食事のあとはすこし眠るつもりだった。

6

クーン・ツブラは待ちつづけた。

頭上には乳白色のなにかを満たした球体がある。そのなかには、重力魔術師と名乗る生命体がいた。

違う！……心理的圧力が弱まり、頭がはっきりした瞬間には、わずかに思考することができた……あの生命体は重力魔術師と名乗ったわけではない。〝ヴァルベの巣〟では重力魔術師と呼ばれているといったのだ。

「正体はなんだ？」クーンはたずねた。

次の瞬間、明らかに優勢な相手に対し、大胆にふるまったことに驚き、罰を覚悟する。

だが、罰はなく、ふたたびゴングのような声が響いた。

「正体を教えるのはまだ早い。なにかを恐れてこういうのではなく、正体を明かした場合、現状ではまだふさわしくない話まで、しなくてはならなくなるからだ。

おまえたちはテラナーではなく、ソラナーだという……小陛下狩りが無意味だとも。では、なぜ、それに参加している？」

「進んで参加したわけじゃないよ」クーンの耳に、ゴンドル・グレイロフトの声が聞こえた。「指導者のペリー・ローダンが、この危険な作戦を強行してるからだ。噂では、ローダンはいつも胸にさげているクリスタルで、テルムの女帝にあやつられてるらしい」

「だとすると、そのペリー・ローダンという指導者はおおきなあやまちをおかしている」重力魔術師がいった。「本来は乗組員のために使うべき資質を、放棄しているのだな」

「残念ながら、ぼくたちの声には重みがないんだ」と、ゴンドル。「まだ存命のテラナーととりまきたち、それにミュータント全員がローダンの味方だから。大部分のソラナーも、ローダンに親近感をいだいてる。説明しにくいんだけど、ぼく自身もそうなのさ。これはたぶん、ローダンがこれまで《ソル》を指揮して、その才覚で何度となく窮地を切りぬけてきたからだろうね」

「テルムの女帝はどこでその者を見つけた？」

「むしろ、ローダンが女帝を見つけたというべきだ」クーンがいった。いまはじめて思いついたことだった。「ローダンは女帝と取引した。遭難したモジュールからコンプを救出し、女帝にとどけるかわりに、女帝はローダンに地球の座標を教える、と」

「テルムの女帝が、一方的に命令するのではなく、取引したのか？」

「そうよ」ターリイ・アンターナクが答えた。「ただ、女帝はローダンにクリスタルをわたした。それを使って従属させたんだわ」

「宇宙的な距離を超えて？」重力魔術師は考えこんだ。「わたしにはべつのなにかが重要な役割をはたしているように思える。テラの人類の消失については、なにを知っている？」

「バルディオクと呼ばれる超越知性体が、なにかしたと考えている」と、クーン。「ただ、最近の情勢を見ると、バルディオクも、〝具象〟と自称するその手先も、消えた人類を探しているようだ」

「バルディオクが人類を誘拐したという疑惑は、どこから生じたのだ？」

「くわしくは知らないけど」と、ゴンドル。「ローダンがテルムの女帝から手がかりを得たんだと思う。ぼくは戦争クリスタル保持者のプーカルと、小陛下を相手に何度かいっしょに戦って、バルディオクの仕業だと確信した」

「興味深い」と、球のなかの生命体がいった。

クーンは心理的圧力が崩壊し、意識がうつつと夢のあいだに滑り落ちていくのを感じた。はるか遠くからひろがってくる不気味な力をぼんやりと感じる。それはひろがりつづけ、出会うものすべてをつつみこんでいった。ただ、今回は、重力魔術師の出現前に感じたのとは異なり、名状しがたい怪物を前にしたような嫌悪と戦慄をおぼえた。出会うものすべてをからめとり、多様な存在をすべてモノトーンの嵐に変えてしまう怪物だ。

クーンは落下し、胎児のようにからだを丸め……そのまま意識を失った。

＊

目ざめると赤い恒星が中天高くかかっていて、暑かった。

わたしは慎重に起きあがった。ダライモク・ロルヴィクが近くにかくれて、虐待しようと手ぐすねひいているかもしれないから。

だが、立ちあがっても、動くものは周囲の草だけだった。いつのまにか風が立ち、草は不思議なささやきを発していた。草原にはいくつか、赤褐色の土埃があがっていた。

天気はまあ、問題ない。これほど暑くなければもっとよかったが。わたしが快適と感じる気温は、摂氏マイナス十度以下だ。

反重力装置のスイッチをいれ、垂直に十メートル上昇して方角を見定め……ロルヴィクの姿を探す。どこにも見あたらなかった。たぶん同じように休憩して、わたしを追いこさないようにしているのだろう。

草の先端すれすれまで下降し、遠くに輝くブルーの光のほうにゆっくりと進む。光はしばしば揺らめき、一度など十分間も消えたままになった。

重力魔術師のもとを訪れるヴァルベ人に動揺をあたえるのが目的だろう。わたしは冷静だった。そんなペテンにひっかかるわけがない。重力魔術師は、ヴァルベ人にしては才能があるのだろうが、しょせんはヴァルベ人にすぎなかった。

ゴエトニルの話が、重力魔術師の不死性を示唆《しさ》していたことは忘れていない。記録もない遠い昔から、人々の前に姿を見せていたというのだから。それが不可能だとも思ってはいなかった。われわれのなかにも不死者はいるし……チベット人とわたしでさえ、不死と思われるくらい長寿なのだから。だが、むしろ重力魔術師という〝称号〟が代々うけつがれてきたと考えるのが自然だろう。現在の重力魔術師は特別な能力など持たず、初代の名声にたよっているだけではないだろうか。

半時間飛んでも、ブルーの光はおおきくならなかった。幻覚に惑わされているのかと自問する。魔術師の住居とフィセンスのあいだの距離が、おおきすぎるように思えたのだ。

それでも速度はあげなかった。ヴァルベ人に気づかれないよう、反重力発生装置の出力はできるだけ絞っておきたかったから。

いきなり草がまばらになった。同時にブルーの光が消え……前方二キロメートルの草地の上に黒っぽいものが浮かんでいるのがわかった。

思わず飛翔装置を切り、着地する。

もっと前から見えていなかったのが不思議だった。旧太陽系帝国艦隊の、重巡洋艦ほどのおおきさの球体が浮かんでいるのだ。ただ、どこか背景に溶けこんでいるようにも見えた。地平線近くの空がむらさきではなく、土埃に煙っているせいかもしれない。

わたしはいきなり奇妙な感覚にとらわれた。巨大な完全球型建造物の周囲から、生命の気配が消え去ったように思える。

その理由に気づいて、わたしは息をのんだ。

建造物の周囲二キロメートルでは、まばらな草がまったく動かず、ごくちいさな土埃さえあがっていなかった。風がそこだけを迂回しているかのようだ。重力魔術師の住居の目に見えない力で、さえぎられているのだ。

弱いエネルギー障壁をはっているだけだと気づくと、思わず皮肉な笑みが浮かんだ。

「無意味なトリックだ！」と、侮蔑的につぶやく。

それでもこの先の飛翔装置の使用は断念し、徒歩に切りかえた。暑さがこたえる。

近づくにつれ、住居のようすがはっきりしてきた。上に浮かんでいるわけではなく、高さ八十メートルぐらいの華奢《きゃしゃ》な柱で地上とつながっている。球の表面には無数の凹凸が見えた。これまでに見たヴァルベ人の建物のなかでは、いちばん古そうだ。

球体の直下の地面は直径五百メートルにわたって、草一本生えていなかった。高熱で溶けて冷えかたまり、ガラスのようになっている。表面には無数のひびがはいり、とりわけ黒っぽい部分が、わたしのいる位置から支柱まで、一本の小道のようにつづいていた。ヴァルベ人が数世紀にわたり、その小道を通って重力魔術師のもとを訪れつづけた痕跡かもしれない。

建物自体は汚いグレイで、あちこちに汚れが目だつ。外側を清掃したことはないようだ。苔むしていないのが不思議なくらいだった。

「汚いな！　ロボットにサンドブラスターでもかけさせればいいのに」

わたしはガラス状の部分のはずれに落ちていた紙くずを足で無造作に押しのけ、支柱に近づいていった。

＊

支柱の真下までくると、球体との接合部が見えた。真円形の開口部から真紅の光が射している。ハッチは開いているということ。

「寝ている住人を起こすため、大声をはりあげる必要はなくなったな」

飛翔装置で入口まで上昇することも考えたが、やめておく。運動能力を誇示したくなり、支柱を登ることにしたのだ。aクラス火星人なので、高さに恐怖感はない。

十五分で登りきった。最後にもう一度振りかえり、わたしを泥棒と誤解する目撃者がいないことをたしかめてから、戸口に手をかけ、からだをひきあげた。

真紅の光の源は、短いチューブ状通廊の壁面に無秩序に配置されていた。わたしは戦闘服をととのえ、戦闘用ベルトの位置を直し、わずかに湿った指で頭を撫でた。

「こんにちは！」と、トランスレーターを介して呼びかける。「おじゃまします！」

応答はなかった。

「ほんとうに寝ているか……留守なのかもしれない」

これはモラルの問題をひきおこした。留守宅を調べてまわるのは不作法だ。ペリー・ローダンの命令とはいえ、人類の、とりわけ火星人の礼儀作法を踏みにじるわけにはいかない。しかし、長く待つわけにもいかず、しかたなく、この家の主人にはあとで事情を説明することにして、いくつか不作法をおかすことにした。

ちいさく口笛を吹きながら通廊を奥に進む。やはり円形のハッチがあり、赤い光が輝いていた。

その赤い光に手をかざすと、ハッチが左右に開き、球型スペースがあらわれた。赤みがかった光をはなつ細いケーブルが縦横にはりめぐらされている。

わたしは足を伸ばし、一本のケーブルを押してみた。ケーブルはきつくはってあり、振動音をたてた。しかも鋭く、ブーツの底に食いこんできた。

「裸で跳びこみたくはないな」剃刀《かみそり》のように鋭いケーブルが球型スペースにはりめぐらしてある意味を考える。あまりいい気分ではなかった。

飛翔装置のスイッチをいれ、飛びあがろうとして、体重が軽くなっていないことに気づいた。反重力発生装置が作動していない。

念のため半歩後退し、無段階加速装置のスイッチを押す。やはり反応がなかった。パルス・エンジンも作動しないということ。

「聖なる火星の泉ウプトヒルにかけて！」と、思わずつぶやく。

飛翔装置が作動しない原因は、考えるまでもなく、技術的な問題だった。そこから得られる結論は単純だ。ワイヤーだらけのスペースは、ヴァルベ人以外が侵入するのを阻止するためにある。重力嚢を使って浮遊できるヴァルベ人にとって、ケーブルは障害にならない。たぶん人工的に重力線を発生させ、コースの誘導もしているのだろう。

虎穴を前にしておめおめとひきかえすしかないのか？　あとでここにきたロルヴィクは、かんたんに通過できたと自慢するかもしれない。

それは耐えがたい屈辱だ。

「αクラス火星人は機転がきく」わたしは自分にいいきかせた。「だからこそ、ペリーはおまえにでぶの怪物をまかせたのだ」

武器ベルトに常備している細いナイロン製ザイルをとりだし、装備ポケットからメタルプラスティック製のS字ハーケンを二個探しだして、ザイルの両端に固定。ザイル中央部を自分の腰に巻きつけて結び目をつくり、ハーケンを手近なワイヤーにひっかけた。強くひいてみて、体重を支えられると確認する。もう片方のハーケンはべつのワイヤーにひっかけた。

ハーケンを交互にかけかえながら、球型スペースに進出。ワイヤーとハーケンは体重を支えきり、わたしはゆっくりと、確実に、球型スペースを通過していった。

ようやくスペースの反対側の、べつのハッチの前にたどりついた。ハッチはかんたんに開き、わたしは勢いをつけてその先の空間に着地した。

ハーケンとザイルを回収し、前方に向きなおる。

そこは天井のたいらなホールで、濃いグレイの柱が何本も立ちならんでいた。異常は感じられない。陰気さと不気味さは相《あ》いかわらずだが。

「ばかな、タッチャー！　ダライモク・ロルヴィクにくらべたら、どんな生命体も愛すべき天使だ」

決然と歩きだす。それでも自分の葬儀に向かっているような気分は変わらなかった。

7

バルディオクの力の集合体のはずれにある、どこともしれないポジションで、三体の具象が会談していた。クレルマク、ヴェルノク、シェルノクである。

三体は本質的にはひとつの存在だが、三つの具象という表現も正当なものだ。クレルマクは征服と力の具象、ヴェルノクは幻惑と統合の具象、シェルノクは破壊と炎の具象である。

計画の最終段階は、ほかの三体を強さでも能力でも凌駕する第四の具象、ブルロクだった。ただしブルロクはまだ会談に参加できるほどには成熟していない。

「誘拐した《ソル》の乗員三名は、自分たちは人類の前衛ではないといっている」クレルマクが報告した。「力の集合体のこのセクターにおける小陛下への攻撃を、無意味だと考えているのだ」

「だったら、なぜ攻撃に参加するのだ？」ヴェルノクがたずねる。

「本人たちもわからないようだ」と、クレルマク。「指揮しているのはペリー・ローダンだ。テルムの女帝のクリスタルをつねに身につけているが、その影響をうけているのかどうかはわからない。個人的には、女帝の影響下にはないと考えている。ペリー・ローダンは独自の動機で活動しているということ。いずれにせよ、テルムの女帝がこれだけはなれた距離にまで影響をおよぼせるとは考えられない」

「ペリー・ローダンは自分自身の意志で決断しているというのか？」ヴェルノクが疑念を呈《てい》する。「超越知性体に従属する種族には異例のことだが」

「ペリー・ローダンはテルムの女帝に従属しているわけではないらしい」と、クレルマク。「捕虜の話によると、女帝がローダンを見いだしたのではなく、ローダンが女帝を発見し、取引したのだという。破損したモジュールからコンプを救出し、女帝のもとにとどけるかわりに、女帝は地球のポジションを教える、と。ペリー・ローダンが小陸下を攻撃するのも、バルディオクがテラの人類を誘拐したと考えているせいかもしれない」

「わたしの考えでは、《ソル》とペリー・ローダンはわれわれの役にはたたない。ただちに破壊すべきだ」シェルノクがいった。「以前とは見解が変わった。超越知性体同士の争いに独自の立場から介入されると、状況が複雑になるだけだ」

「第一、それはわかっている」と、ヴェルノク。「第二、ペリー・ローダンと《ソル》は、われわれの計画の阻害要因にはならないと考える。破壊すれば状況が変化し、敵を優位に立たせることになりかねない」

「同感だ」と、クレルマク。「いうまでもなくペリー・ローダンは、超越知性体にはほど遠い存在だ。だが、なみはずれた行動力を持ち、計画に全面的に賛成してはいない者たちさえ自発的に協力するほどの強いオーラを有してもいる。こうしたオーラの持ち主は、過去の例からしても戦略と戦術の天才で、成果をあげるものだ」

「そのとおり！」と、ヴェルノク。「ペリー・ローダンと《ソル》の特異さを思えば、超越知性体の争いに偶然巻きこまれたとは考えにくい。われわれにはまだわからない、なんらかの裏があるはず。ペリー・ローダンと《ソル》を消去した場合、バルディオクの計画に役だつよりも、害になる可能性がある」

シェルノクはこの見解にまだ賛同できなかったが、二対一なので反論はひかえた。

こうして《ソル》の破壊はしばらく見送られた。もちろん、重要なのはペリー・ローダン個人のオーラではない。これに関して、三体の具象は判断を誤っていた。具象たちはまだ気づいていなかったのだ。ローダンが具象たちを驚かせ魅了したのは、《ソル》の全乗員が享受する自由のなかから生まれた、独創性のゆえだということに。

＊

わたしはホールの中央で驚いて足を止めた。

ホールの反対側に戸口が開き、その向こうにさらにグレイのひろがりが見えたのだ。さまざまな材質の幾何学的な建物が見える。見わたせる範囲は三キロメートルほどもあった。ありえないことだ。重力魔術師の住居は、直径五百メートルの球状建築物なのだ。つまり、視覚トリックということ。

わたしは柱に背を預け、このトリックにどう対処すべきかを考えた。死の罠の可能性もある。だが、その罠を見破り、さらに前進するという誘惑もおおきかった。

背後に目を向けると、第二の驚きが待っていた。すべてがのっぺりしたグレイの霧につつまれていたのだ。霧がひろがってくるかと思い、しばらく待ってみたが、半メートル以内には近づいてこない。

背後のホールで物音が聞こえた。

振り向くと、動くものが見えた。なにかが反対側の戸口からホールに跳びこみ、幾何学構築物のかげにかくれたようだった。

だんだん腹がたってきた。許可なく重力魔術師の住居に侵入したのはたしかだが、向こうは明らかにわたしに気づいている。重力魔術師本人にしろその助手にしろ、だれかいるなら堂々と出てきて、歓迎するなり、出ていけというなりすればいいではないか。それなのに、ありもしないものの存在を信じさせようとするとは。

わたしはゆっくりと足を進め、戸口の右側に近づいた。幻影がわたしの視界から徐々にはずれていく。戸口のすぐ横に立つと、もう幻影は見えなかった。横から見た開口部は、おや指の幅ほどの厚みがあった。

ゆっくりと戸口の正面に移動。

やはり幾何学構築物のならぶ、グレイのひろがりが見えた。

ふたたび背後に目をやると、半メートルのところに霧が迫っていた。今回もそれ以上は接近してこない。当面、霧は無視することにして、幻影に意識を集中。

しばらくすると、戸口を越えてどこまでが現実なのか、どうにか判断できたと思えた。装備ポケットを探って、方位磁石をとりだす。どうしてそんなものがはいっていたのかはわからなかった。自分でいれたはずはない。まったくはじめての惑星でも、わたしには用のないものだから。自分の備品ではないということ。

方位磁石の重さを手でたしかめ、戸口のほうに一歩踏みだすと、力いっぱい投げた。意外にも、磁石はごくふつうの放物線を描いて、一幾何学構築物のそばに落下した。地上に落ちる音さえ聞こえた。

次の瞬間、わたしは目を閉じた。何者かがブラスターを発射したのだ。わたしを狙ったわけではなかったが、そんなことを考える余裕はなかった。目を開けたとき、磁石が落下した場所にはちいさなクレーターができ、溶けた床が泡だっていた。

急いで戸口の前をはなれ、冷静になろうとする。

だれかがブラスターで磁石を撃った……幻影であるはずの場所で。戸口の向こうには、すくなくとも現実と同じ環境が存在するようだ。生命体はそこで現実世界と同じように行動できる。

ただ、わたしは相手の行動に腹をたてた。

戸口の向こうにはいったものを無差別に銃撃する相手に釈明をもとめ、文句をいってやろうと決意する。aクラス火星人はこういうことを看過できないのだ。

パラライザーをぬき、息をおおきく吸って、戸口からホールに跳びこむ。

一瞬、目に見えない壁に阻止されているような感覚があった。だが、すぐに戸口の反対側に着地。なんらかの重力線がわたしをひきもどそうとしたようだ。

だが、考えているひまはない。撃たれないよう、幾何学構築物のかげに身をひそめる。なにも起きないので、ほっとして息を吐きだした。わたしはナドゥン・ムクリペンの技を使い、掩体《えんたい》をはなれた。

＊

五歩進んだところで狙撃者を発見。

相手はヴァルベ人だった。体形と、見えているダーク・グレイの皮膚から明らかだ。ただ、からだのふたつの球型部分がとてもおおきい。そんなヴァルベ人ははじめてだった。ああいう頑健なタイプは、種族の少数派なのだろう。

ダライモク・ロルヴィクのことが頭に浮かび、思わず微笑する。あの巨大な肉体も、人類という種族の少数派だ。この瞬間、チベット人はなにをしているのだろうと考える。もう重力魔術師の住居についただろうか？　そこでどうする？　わたしを待ってもむだだ。単身、居住球に乗りこむだろうか？

手柄を独り占めにするため、たぶん単独で乗りこむだろう。ワイヤーだらけの球型スペースを見て、驚くにちがいない。あそこをとおりぬけられるだろうか？

突然、不用意にあのスペースに踏みこんだロルヴィクが死んだり、重傷を負ったりする場面が思い浮かんだ。

そんなことは容認できない！

通ってきた戸口を振りかえったが、それはもう存在しなかった。

とほうにくれて、そこにひろがる湿地を見る。その上には半メートルの高さで白い霧がたなびいていた。湿地のグレイの表面におおきな泡が浮かび、ゆっくりとはじけて音をたてる。湿地はすくなくとも直径五百メートル……にもかかわらず、ついさっきまで、そこには最大でも直径八メートルの床面しかなかった。

ペテンか？

ペテンにきまっている！

意を決して湿地に踏みこむ。実際にはかたい地面のはずだ。だが、二歩めでもう足が膝まで沈み、さらに吸いこまれる感覚があった。

わたしを手放そうとしない湿地から懸命に脚をひきぬき、後退した。泥だらけになった脚を見つめ、やっと確信した。この湿地は現実だ……現実に生命の危険がある。

ヴァルベ人を探してあたりを見まわす。いた。わたしのほうを見ている。なにかが注意をひいたにちがいない。銃をあげるのが見えたので、わたしは跳びあがり、幾何学構築物のかげにふたたび身をかくした。

ぎりぎりだった。

白熱のビームが発射され、上底面でふたつの円錐台をくっつけたかたちの構築物に命中。

もうたくさんだ！

わたしは地面に伏せ、構築物の反対側に這い進むと、パラライザーを発射した。だが、相手は本能的に危険を察知したらしい。最後の瞬間に跳びのいて、信じられないほどすばやく、一頂点を地面に接したおおきな立方体の、円形の開口部に姿を消した。

わたしは宇宙の大泥棒から習得した〝主観的に不可視になる〟能力を信じて、すぐにあとを追った。

あのヴァルベ人は、謎めいた環境の急変に関係があるのではないかと思えた。そうだとしたら、つかまえて、やめさせなくては。時間もあまりなかった。ダライモク・ロルヴィクがいつあのワイヤーの部屋に跳びこまないともかぎらない。

立方体に接近したところで、開口部に向けてパラライザーを発射。なんの反応もないので、なかにはいった。外からの光がわずかにあるだけなので、周囲がよく見えない。ただ、目はすぐに慣れた。

曲がりくねったパイプ状通廊が下に伸びていた。ヴァルベ人の姿は見えなかったので、急いで這いおりる。逃がすわけにはいかなかった。

百メートルほどくだったところでようやく、また周囲の環境が変化したらしいと気づいた。立方体は一辺がせいぜい十メートルしかなく、わたしがはいった開口部から最下部までは、一メートルほどしかなかったはずだ。このパイプ状通廊が、あのちいさな頂点を通過しているわけはない。

悪態をつき、速度をあげる。そのときいきなり、ひろくて暗いスペースに出た……

8

バシトルは重力水準器の表示を見つめた。不調和はまだ解消されない。

惑星管理者は自問した。

これほど信じがたい重力と物質の混合比を持っているのは、どんな生命体なのだ？　われわれの宇宙とは重力・物質比がまったく異なる、べつの宇宙からきたとでもいうのか？

「惑星管理者バシトル！」

部屋じゅうにはられた鋼製のシールドに声が反響した。

バシトルは部屋を見まわし、ヴァルベ人の頭部のかたちをしたハイパーポジトロニクスの上にいる、首席重力管理者ポエルモンスを見つけた。助手がふたり、シリンダー型の装置をハイパーポジトロニクスに接続しようとしている。

「なにかわかったか？」バシトルはたずねた。

「帝王嚢を接続しようと思います」ポエルモンスが答える。「あなたの承認が必要です」

「待て！」バシトルが叫んだ。

重力嚢を使い、ハイパーポジトロニクスの上まで伸びる重力線を上昇。

帝王嚢はめったに使うことのない、きわめつきの貴重品だった。無数の超光速飛行をこなし、上位空間で脳の特定部位に五次元の影響を直接うけたヴァルベ人が自発的に提供する重力嚢から抽出した物質だ。帝王嚢という最上の調和の一部となること自体が、その報酬である。

バシトルは首席重力管理者の横に立ち、うやうやしく帝王嚢を見つめた。その装置は最新鋭技術の結晶で、ヴァルベ人の頭部を模していないのも新機軸だった。最高位の科学者たちが、外観と機能は関係ないと納得するまで、長い時間がかかったのだ。それでもバシトルは……もっとも開明的なヴァルベ人ではあっても……帝王嚢を神聖なものとみなしていた。

「なにを期待して帝王嚢をハイパーポジトロニクスに接続するのだ？」バシトルは首席重力管理者にたずねた。

ポエルモンスは即答できない。バシトルは首席重力管理者が帝王嚢をたんに生物学的に活性な技術部品と考えていて、その本質に対する敬意を欠いていると判断した。とはいえ、叱責はしない。叱責することで相手を間違った考えに導き、疑念を生じさせる危険があるから。

さらにいえばバシトルは、狂信者なら背教と呼ぶかもしれない考えを大目に見るだけの理性をそなえていた。ある程度の背教的な考えは必要だと思っていたから。すくなくとも、前進をつづける最先端の科学者にとっては。

ポエルモンスがふたりの助手を追いはらったので、バシトルはほっとした。首席重力管理者は、背教的な考えは持っていても、宗教的な正当性を無視するわけではないようだ。

「自由に話すがいい、ポエルモンス」

「不調和発生源はまだ特定できません。重力水準器の能力がたりないのです。これは不調和発生源を上位次元の妨害フィールドがつつみこんでいるせいでしょう。五次元ではなく、六次元が、場合によっては七次元の妨害フィールドが存在するようです」

「六次元と七次元の領域だと?」バシトルは愕然とした。「だが、そうなると、重力はすべての上位にあるのではなく、なにかの下位にあることになる」

「そう思えるかもしれません、惑星管理者。ですが、わたしは最初から、六次元と七次元の存在を想定していました。それゆえ、わたしにとっては、重力がなんらかの上位次元の下位になるということはありません。重力はつねにわれわれの存在の本質であり、ただ、いくつか〝等位の〟力があるだけです」

「じつに賢明な結論だ、ポエルモンス」バシトルはほっとした。「それなら、重力の全能性に抵触することなく、上位次元の力をあつかうことができる」

「ありがとうございます、惑星管理者。わたしが実証したいのは、上位次元の影響をうけた帝王嚢を使うことで、すくなくとも六次元領域をかいま見る能力が得られるのではないかという仮説です。帝王嚢をハイパーポジトロニクスに接続すれば、不調和発生源の位置を特定できるのではないかと」

「革命的とさえいえる考えだ」バシトルはちいさく身震いした。

「問題の解決には役だつはずです。帝王嚢の接続を承認していただけますか、惑星管理者？」

「承認する。不調和発生源を発見し、停止させなくてはならない。長期的に見て、コリエトの重力均衡の脅威となるから」

ポエルモンスは片手を伸ばし、シリンダー型装置の表面の、ほとんど目に見えないセンサーに触れた。シリンダーがいきなり強烈なブルーの光を発した。

「上位空間に突入する宇宙船の外殻のようだ！」バシトルがつぶやいた。

「内部から外部に、上位次元エネルギーが充填されています」

ポエルモンスは下に目をやった。

「水準器の表示はどうなっている、ダイルンス？」

返答はなかった。バシトルも下を覗きこむと、ふたりの助手が表示装置を見つめていた。

「すぐに返事をしろ！」と、どなる。

「申しわけありません、惑星管理者」と、下から返事があった。「ただ、表示の意味がわからないのでして。まるで……」助手はしばらく言葉を探したが、いい表現を思いつかなかった。

バシトルは、なにか信じがたいことが起きたにちがいないと感じた。急いで表示装置のそばに行こうとして、落下するように下に降りる。

降りたって表示装置を見て、返事がなかった理由がはっきりした。

不調和発生源の位置はたしかに特定されていたが、それは重力魔術師の居場所と同一だったのだ。

バシトルは衝撃のあまり言葉もなかった。その表示が意味するものは、ひとつしかない。かれが重力魔術師の寵愛《ちょうあい》を失うということだ。

＊

わたしは目の前のスペースにはいるのをためらった。ひろくて暗い空間だが、その暗さが異質なのだ。たんに光がないのではなく、なにか不気味なものの存在が影を落としている印象だ。

aクラス火星人のわたしの目は、ふつうならすぐに闇に慣れ、もののかたちくらいはわかるようになる。だが、ここではそうはいかなかった。

まったくなにも見えない闇なのだ！

自分が闇の力の領域ぎりぎりにいることはわかっていた。闇を体現し、放射する力だ。どこかで同じような印象をうけたおぼえがあった。だが、いつ、どこでうけたのかが思いだせない。ただ、重力魔術師の正体がヴァルベ人ではないという確信はあった。まったく異質の存在だ。

あらゆる生命体に死の脅威をもたらす存在である！

ふだんなら絶対に足を踏みいれようとはしなかっただろう。だが、いまはロルヴィクのことを、かれが無警戒のままワイヤーの罠に飛びこむ可能性を考えなくてはならない。

なにかを見たのではなく感じたというだけで、ためらっている場合ではなかった。

それで境界を越え、闇のなかに踏みこむ勇気が湧いた。

意を決し、一歩踏みだす。なにも起きなかったので、もう一歩。五十歩ほど進んだとき、前に伸ばした左手が冷たく滑らかな壁に触れた。わたしはおおきく息をついた。壁に触れたことで、真の闇のなかでもすこしほっとしたのだ。

壁ぞいにゆっくりと左に進んだ。鋭い金属音が聞こえ、はっとして後退。空気が動くのを感じ、ドアが開いたのだとわかった。そのドアの向こうも真っ暗だったが、そこに点のようにちいさな光源が見えた。距離は判然としない。

もっとよく見ようとして、小型投光器があったことをいきなり思いだした。これもわたしが闇の力の呪文にかかっていた証拠といえるだろう。頭を混乱させられていないかぎり、この状況でいちばん役にたつ装備の存在を忘れるはずがない。

失策をとりもどそうと、急いで投光器を点灯。円錐形の光条が闇を切り裂き、つきあたりにハッチがある通廊を照らしだした。光点はハッチの中央にある。

わたしは好奇心から振りかえり、闇のなかで通過してきた空間を照らした。だが、光をそちらに向けたとたん、なにも見えなくなる。投光器の故障かと思ったが、ハッチのほうを向くと光が通廊を照らしだした。

投光器に問題はなく、背後の空間が光をいっさい通さないようだ。

わたしは身震いし、その恐ろしい闇から遠ざかろうとした。ハッチの前までくると、光点が実際には円形の光源だとわかった。そこに手をかざすと、ハッチは音もなく左右に開いた。その先は四角いホールで、壁に多数の窪みがあり、そこからブルーの光がもれていた。

ひとつだけ、暗い窪みがある。

巨体が光をさえぎっているのだと気づいたのは、その窪みのほとんど直前だった。投光器を消し、横に跳びのく。熱線が頭上をかすめ、通廊を走りぬけた。突然、すさまじい咆哮《ほうこう》がわたしの全身を震わせた。

わたしは反射的に、窪みの前の影にパラライザーを発射していた。次の瞬間、転倒音が響き、ブルーの光が見えるようになった。

光に目がくらみ、きつくまぶたを閉じる。敵が倒れたのはわかっていた。近づいてみると、完全に麻痺してはいないらしく、まだ身動きしていた。奇妙なことに、肉体が変形している。前に見た大柄なヴァルベ人の姿ではなく、人間のかたちをしているのだ。

分子変形能力者か！　ずっと介入していたということか？

戦闘服の胸を開き、サグリアのアミュレットに触れる。プレーンドムの事件に関するサグリアの報告によると、分子変形能力者に対し、致死的な効果があるという。殺すつもりはなかったが、これで脅せば無意味な攻撃をあきらめるかもしれない。

アミュレットのことを話そうとして、気がつくと分子変形能力者の姿がなかった。ハッチが閉じている。

だが、遠くには行けないだろう。なかば麻痺しているから。

わたしはハッチへと急いだ……

＊

ハッチに手を伸ばしたとき、メタルプラスティックの表面からちいさなブルーの炎があがった。わたしは驚いて手をひっこめた。

なにかが左腕に触れた。振り向くと、とんがり頭の、両手のおおきな、吸盤のような指をした、ブルーの肌の小人が立っていた。グロテスクに顔をしかめ、しきりに両手を動かしている。

「なにか用ですか?」そうたずねたとき、どこかで会ったことがあるような気がした。

ブルーの肌の小人は答えない。どこからともなく、さらに三体があらわれた。いずれも最初の小人にそっくりで、同じように両手を動かしている。

「しゃべれないのですか？」

やはり返事がない。わたしは前方に跳びだし、ひとりをつかまえようとしたが、手は空を切った。

どこからか笑い声が響いた。小人たちは壁ぞいに駆けだし、またもどってきて同じことをくりかえした。わたしはだんだん腹がたってきた。分子変形能力者を追跡する障害になっているのは明らかだ。

わたしはハッチに向きなおった。手を伸ばすと、今度はブルーの炎はあらわれなかった。てのひらをメタルプラスティックに押しつける。ハッチが左右に開いた。

目の前には長いのぼり通廊が伸びていた。壁が赤みがかった光を明滅させている。もう一度あたりを見まわすと、ブルーの肌の小人たちは姿を消していた。

「映像か！」と、侮蔑的につぶやく。「そんなものに感銘はうけないぞ、重力魔術師。分子変形能力者にもだ！　あれも映像だったんじゃないのか！」

だが、事実として、わたしはそのせいで敵にリードを奪われた。そうでなければこの通廊で姿が見えていたはずだ。

注意しながら、赤く輝く床に足を進める。センサーが熱を感知しないので、床が冷たいのがわかった。わたしは急いで通廊を進んだ。

最初の二分間は駆け足だったが、やがて光の明滅と歩調があってきた。こんなばかげたことを考えたのはだれだろう。光の明滅はなんの足止めにもなっていない。しばらくして振りかえると、通廊はまっすぐなのぼりではなく、湾曲しているとわかった。たぶん全体ではらせんを描いているのだろう。らせんの上部にきても落下しないのは、人工重力のせいにちがいなかった。

これもまた無意味なお遊びなのか、それとも重力魔術師の住居を訪問する者に対するこけ脅しなのだろうか？

わたしは急停止した。

ここに分子変形能力者がいたことの意味は？　これまでのところバルディオクか、その手先にからんで介入してきている者たちである。ガイズ＝ヴォールビーラーは、あの不気味な超越知性体の手先なのだ。

バルディオクはすでに〝ヴァルベの巣〟に手を伸ばしていて、ヴァルベ人がそれに気づいていないだけなのでは？

背筋が寒くなった。

この推測が当たっているとすると、《ソル》が〝ヴァルベの巣〟を訪れるのは、みずから罠に飛びこむに等しい。一刻も早く分子変形能力者をつかまえ、尋問しなくては。

その結果、推測が事実とわかったら、わたしとロルヴィクがどうなろうとも、《ソル》に警告を発しなくてはならない。

通廊の光の明滅を無視して駆けだすと、はげしく転んで倒れた。それでもすぐに起きあがり、先を急ぐ。しばらくすると通廊は漏斗状にひろがり、ひろいホールになった。奇妙な生物像がいくつもならんでいる。ホールには薄い霧がたちこめ、全体を見わたすのは困難だった。心地いい冷気が吹きつけてくる。

「すばらしい！」わたしはつぶやいた。爽快な冷気のせいだけではなく、おおきな姿がひとつの像のかげに這いこむのが見えたのだ。その像は頭が三つあり、全身が無数のポリープでおおわれていた。

今度こそ逃がすわけにはいかない！

分子変形能力者相手では、ナドゥン・ムクリペンの技も百パーセントの効果は期待できなかった。わたしは像のかげからかげへと移動し、敵の背後に迫った。まっ赤な目が三つある巨大な怪物がいきなり出現し、音もなくあたりをうろつきはじめたが、もう映像に騙されるつもりはない。

なかば霧にかくれた分子変形能力者を目の前にしたわたしは、パラライザーの狙いをつけ、声をかけた。

「お遊びはそこまでだ、ガイズ＝ヴォールビーラー！　立てるようなら、立て。疑わしい動きはするなよ」

それでも相手はなんとかかくれようとする。

「タッチャー！」驚いたような声がした。「このまぬけめ！　ずっと追ってきていたのは、あんただったのか！」

一瞬、わたしは武器をおろしそうになった。その声はまちがいなくでぶのチベット人だったから。だが、すでに一度、ロルヴィクの姿をとった分子変形能力者に騙されたことがあるのを思いだした。

「トリックはきかないぞ、ガイズ＝ヴォールビーラー！　警告しておく！」

霧が消えはじめた。同時に分子変形能力者が振りかえる。たしかにロルヴィクの姿をしていた。死体のような肌をした怪物と同じ、悪意に満ちた視線をわたしに向けている。目のまわりの痣《あざ》までそのままだ。

「火星の干からびた茎野菜！」ガイズ＝ヴォールビーラーはロルヴィクそっくりの声でいった。「すぐに武器をしまって、わたしが立てるように手を貸すんだ！　さもないと沼ヒキガエルに変えてやるぞ！」

「すばらしい才能だ、ガイズ＝ヴォールビーラー」と、わたしは応じた。「おまえはクレルマクの代理として、ここで重力魔術師の役を演じていたのか？」

「完全に頭がおかしくなったのか、ハイヌ大尉！」と、分子変形能力者がいう。「わたしはダライモク・ロルヴィク中佐、あんたの父親のような友で、分子変形能力者ではない。ばかげた話はやめるんだ！」

わたしはサグリアのアミュレットをとりだした。

「これがなんだか知っているか、ガイズ＝ヴォールビーラー？　分子変形能力者は、これに触ると死んでしまう。ためしてみるか？」

「いいとも！　すぐにやれ、火星ハタキ！　だが、わたしのバーヴァッカ・クラには触るんじゃないぞ！」

わたしはとまどって、分子変形能力者を見つめた。

「これでおまえに触れだと？　いや、それはできない。aクラス火星人は無益な殺生《せっしょう》をしないから」

分子変形能力者は悪態をつきはじめた。あまりの口汚さに、わたしは両手で耳を押さえた。そのさい、パラライザーを向けておくのをつい忘れてしまった。

失策に気づいたときには手遅れだった。分子変形能力者のパラライザーの麻痺ビームで麻痺させられ、硬直して倒れる。

ひきずるような音で、分子変形能力者が這いよってくるのがわかった。わたしは自分の不注意を呪った。ガイズ＝ヴォールビーラーは、《ソル》に警告されないよう、確実にわたしを殺すだろう。ひとつわからないのは、ブラスターを使わなかった理由だ。腰にはブラスターも装備しているのに。

しばらくするとガイズ＝ヴォールビーラーの顔が目の前にあらわれた。ぽっちゃりした手がわたしの鼻をたたき、戦闘服を開いた胸に移動して、サグリアのアミュレットに伸びる。

分子変形能力者は息を切らしながら、アミュレットをつかみ、わたしの顔の前につきつけた。

「これでわかったろう、タッチャー！」ガイズ＝ヴォールビーラーの声が響いた。

だが、分子変形能力者は、アミュレットに触れたら死んでしまうはずだ。つまり、これはダライモク・ロルヴィクということ！

「どうやらやっと真実に気づいたようだな。ここまでずっと、火星の鬼火に追いかけられていたわけだ。あんたはずっと先行しているはずだから、早く追いついて警告しようと思っていたのに。この償いはしてもらうぞ、ハイヌ大尉。パラライザーの出力は最小にしたから、すぐに動けるようになるはず。そうしたら重力魔術師の捜索だ。あんたには、もうしずかな片すみで休息などせず、先に進んでもらう」

筋肉が動けば、恥じいって目を伏せていたところだ。いまから思えば、ロルヴィクが重力魔術師の住居に先についていたという明確な手がかりがあった。

居住球の下の、ガラス状になった地面に落ちていたグリーンの紙くず……あれはロルヴィクがいつもしゃぶっている、不快な薬草ボンボンのつつみ紙だった！

9

重力水準器の表示を見たあと、最初に言葉を発したのはポエルモンスだった。

「不調和発生源は、重力魔術師の住居の直近にあるようです」と、慎重に指摘。

「重力魔術師がそれを認めたのには、なにか理由があるはず」ダイルンスが重力魔術師を擁護するようにいった。実際には、この圧倒的な力を持つ存在への帰依《きえ》を表明しただけだったのだが。

バシトルは権威を守るため、なにかいわなくてはならないと思った。いいかげんな説明ではなく、問題の本質を突いた発言が必要だ。

「不調和発生源と重力魔術師の住居が同じ位置に存在している理由だが、可能性はふたつ考えられると思う。重力魔術師が不調和のことを知らないか、重力魔術師本人が不調和に関与しているかだ」

「本人がですか?」ダイルンスが思わず口をはさんだ。「それは……」と、いいかけて、口をつぐむ。惑星管理者を批判することになりそうだったから。

「……冒瀆だ！」バシトルが先をひきとった。「たしかに、冒瀆と聞こえるかもしれない。実際には、全能の重力魔術師本人が不調和をひきおこしている可能性もあるということ。そうしようと思えば、不調和を発生させ、また消し去ることもできるはず。それを知れば、逆らおうとする者はいないだろう」

「すばらしい！」ポエルモンスがほっとしたように喝采した。「しかし、重力魔術師が、不調和のことをなにも知らない可能性もあるとのことでしたが」

「当然だ。その場合、重力魔術師はしばらく前からコリエトのことを気にかけなくなっていたのかもしれない。われわれがただ指示にしたがうのではなく、ときには自立して活動できるようにと」

「それも一理あります」ポエルモンスがにこやかにいう。バシトルのおかげで、全能の重力魔術師を冒瀆することなく、問題をオープンに議論できるようになったのだ。「その場合、重力魔術師の意向どおり、われわれが独自に判断すればいいわけです。しかし、どっちなのでしょう、惑星管理者？　われわれと重力魔術師との関係は完全に一方通行です。向こうから惑星管理者兼結び手に連絡はあっても、こちらから連絡することはできません」

「そのとおりだ」バシトルは考えこんだ。「重力魔術師からいつ連絡があるかは、惑星管理者にもわからない。連絡を待つしかないということ」

「しかし、不調和は脅威です」と、ダイルンス。「コリエトの重力構造が攪乱され、長期にわたってネガティヴな震動がつづく危険もあります。重力魔術師が自立した行動をもとめているなら、われわれの手で不調和を処理すべきなのでは？」

「そのとおりだ。問題は、不調和発生源が重力魔術師の住居内にあることだ。たとえ結び手でも、そこに許可なく立ちいることはできない」そんな事態を想像し、バシトルは身震いした。

ダイルンスは信仰の強さを証明するように、強硬に主張した。

「だったら、重力魔術師の住居におもむき、許可を得るべきです」

バシトルは、それしか打つ手がないことはわかっていると、技師を叱責したかった。ここで逡巡《しゅんじゅん》して、あとで結局そうすることになれば、評判を落とすことになる。

バシトルは心を決めた。

「そのことは考えていた、ダイルンス。同じ考えを持っているということは、おまえが重力定数とよく一致していることをしめしている。まずはほかの惑星管理者たちと相談しなくてはならないが、すぐにおまえといっしょに、重力魔術師の住居を訪れることになるだろう。ご苦労だった、ポエルモンス、ダイルンス」

＊

ダライモク・ロルヴィクの予告どおり、わたしの麻痺は比較的すぐに消えた。しばらくは動けないふりをしていたかったのだが、でぶの怪物はしょっちゅうわたしのからだをひっぱり、筋肉の麻痺が消えて動けるようになると、すぐに気づいた。

「立て、火星の悪魔！　あんたのせいで時間をむだにした」

「あなただって、誤解していたではないですか」舌の動きがまだぎこちない。「ヴァルベ人と間違えて、数回、撃ったでしょう？　当たらなかったからよかったものの」

「当てていれば宇宙からじゃま者をとりのぞけたのにな、タッチャー。あれはわざとはずしたのだ。それなのに、あんたはパラライザーを最大出力で撃ってきた。超能力で動くことはできたが、苦労したぞ。麻痺をおさえて動きつづけるには、超能力をほとんどすべて投入しなくてはならなかった」

「だったら、麻痺が弱まるまで休息してはどうです？　わたしはあたりを見まわってきます。重力魔術師の姿は見あたりませんが、騒音ですでに気づいているはず」

ぽっちゃりした手で軽くたたかれ、わたしの顔は前後に動いた。ロルヴィクは薬草ボンボンをひとつ、不器用な手つきでとりだすと、承認も得ずにわたしの口に押しこんだ。

「二度とあんたを先に行かせる気はない、ハイヌ大尉。また、分子変形能力者だと思われてはたまらんからな。ボンボンを吐きだすな、砂猿！　それは味も最高だが、痰をとり、肺の酸素吸収能力を高めて、脳の血のめぐりをよくする。すっかりなまったあんたの頭も、多少は切れ味がよくなるかもしれん」

ロルヴィクは汚いおや指で、ひどい味のボンボンをあらためてわたしの口に押しこみ、さらにわたしの鼻をつまんだ。そうなっては飲みこむしかない。息を詰まらせた瞬間、こぶしで背中をたたかれた。

「このまぬけ！　その薬草ボンボンがそこらで手にはいるとでも思っているのか？」

「銀河系でなら手にはいるのでは？」

「もういい！　立って、わたしに手を貸すのだ。この妙な場所を調べるぞ」

逆らってもしかたないので、いわれたとおりにする。ロルヴィクは超能力の大半を麻痺対策に振り向けていて、余力はあまりないかもしれないが、わたしを沼ヒキガエルかなにかに変えるくらいのことはまだできるはずだ。

奇妙な形状の通廊や部屋を半時間ほど調べ、ドーム型ホールに出た。メタルプラスティック製の壁は無数の肉垂状突起におおわれている。その上にときおり、血のように赤い光点があらわれては消えた。

近づこうとしたわたしの前腕を、ロルヴィクが強くつかんだ。

「とまれ、短慮頭。このホールには特別な目的があるとわからないのか？」

「光点が明滅しているからですか？」わたしは腕の痛みに耐えながらたずねた。

チベット人は嘆息した。

「そうじゃない、ハイヌ大尉！　壁の肉垂状突起は、典型的な……」ロルヴィクはじっと耳をかたむける表情になった。それも、きわめて深遠ななにかに。

「典型的な、なんです？」

「くそ！」チベット人はわたしをにらみつけた。「行ってしまったではないか、まぬけ！」

「なにが行ってしまったので？」徐々に欲求不満が募ってくる。

ロルヴィクはてのひらで自分の額をたたき、目を白黒させて叫んだ。

「記憶だ、質問魔！　いや、記憶だと思っただけかもしれないが。さっきはあの壁の突起が典型的ななにかだと、知っていると思ったのだ。だが、言葉にしようとすると、いきなり消えてしまった。脳がちょっとしたいたずらをしたのかもしれない」

「ちょっとしたいたずらですか、サー？」わたしは驚いたふりをした。「あなたの脳はしょっちゅういたずらをしているようですが」

だが、ロルヴィクはわたしの言葉の最後の部分を聞いていなかった。また、内なる声にじっと耳をかたむけている。

「どうしたんですか、サー？」今度はまじめにたずねた。

ロルヴィクは右腕を伸ばし、壁にあるふたつの肉垂突起のあいだの一点を指さし、「なにも感じないか、タッチャー？」と、小声でささやく。「なにかがわれわれに影響をあたえようとしている。肉垂状突起に見おぼえがあるように感じたのもそのせいだろう。こうして気づいたからには、もう影響はうけないが」

「なにも感じませんが」わたしはミュータントが指さした場所に立った。「とにかく、一度見てまわるべきでしょう」

ためらいなく壁に近づき、赤い光点に触れる。振動音が響き、二枚扉が音もなく開いた。その先は細い通廊だ。ゆっくりと回転しているように見える。

突然、頭蓋の下に圧力を感じた。腹だたしくかぶりを振ったが、圧力は強まるばかりだ。だれかにヒュプノにかけられるときの感覚に似ているが、ここにはだれもいない。通廊の壁と天井の模様が、回転とともにヒュプノ効果をもたらしているようだった。

なぜブラスターをぬき、通廊の先に向けて撃ったのかはわからない。熱線は壁をひきさき、不快な音をたてて通廊の回転がとまった。

自分のものではない驚愕の感情が湧きあがり、頭のなかの圧力が消えた。わたしは飛翔装置を作動させ、熱線の余波がのこる通廊をゆっくりと前進した。

奥の扉がいきなり消滅した。さらに前進すると、球型スペースに出た。壁にいくつものふくらみが見える。そんなふくらみのあいだでらせん型の構造体が伸び縮みし、その背後から明るいグレイの光が射していた。

わたしの下方、球型スペース内に、三人の人間の姿が見えた。うちひとりは皮膚が黒い……

＊

例の三人だ！

ワシトイルで乗員三人が行方不明になり、セネカは三人が誘拐されたと判断して……コリエトにいる可能性を指摘していた。その三人がここにいる！

そこにいるのが失踪した三人だということは、かんたんな計算ですぐにわかる。明らかに意識がないようだ。救護しなくては。

三人のそばに降下し、コンビネーション胸部のネームプレートを確認。クーン・ツブラ、ターリイ・アンターナク、ゴンドル・グレイロフトとある。
まちがいない！

「どこですか、サー？」と、背後に声をかけた。

返事がない。

さらに降下して、クーン・ツブラの浅黒い顔に手を触れた。肌は温かく、呼吸も確認できた。あとのふたりも同様だ。

ベルトから医療キットをとりだし、意識のない三人の頸筋に装着。装置がソラナーの状態を可能なかぎり診断し、ちいさな触手状の高圧ノズルから賦活剤を注入する。

予想どおり、まず、クーン・ツブラが瞬きしはじめた。だが、その目は奇妙にうつろで、わたしのこともわからないようだ。《ソル》ではけっこう有名なのだが。

「クーン！」わたしは声をかけた。「タッチャー・ア・ハイヌだ！《ソル》に連れてもどってやるからな！」いまはまだ可能性はなかったが、いずれわかるだろう。

「《ソル》！」ツブラがつぶやいた。「母よ！」

「わたしはきみの母ではないし……父でもない」

ほかのふたりのようすを見ると、ターリイ・アンターナクはなにかぶつぶつとつぶやいていた。ゴンドル・グレイロフトも目をさましていた。顔面が痙攣《けいれん》しているが、やはりわたしには気づいていないようだ。

ソラナーたち、恐ろしい目に遭ったにちがいない。自力では動けそうになかった。この不気味な場所から連れだす必要がある。そうすれば回復するだろう。

またしても頭蓋の下に圧力を感じた。以前はどこで感じたんだったろう？　圧力が強まり……突然、自分がどこにいるのかわからなくなった。

数秒後、霧の帳《とばり》ごしに見るように、ダライモク・ロルヴィクの巨体があらわれた。燃えるような赤い目がどんどんおおきくなり、わたしは耐えきれずに目を閉じた。

周囲にカオスが生じるのを感じた。想像を絶する深淵からいくつもの未知の力が噴出し、宇宙の構造をひきさいて争いあう。

恐ろしい叫び声、雷鳴のような馬の蹄《ひづめ》の音、猛獣の咆哮が四方八方から降り注いだ……その一方、それが幻覚だということもわかっている。脳細胞への刺激により、自身の記憶とイメージのなかから呼びだされたものだ。

それははじまったときと同じく唐突に消え去った。無理に目を開けると、頭上にはげしく光を明滅させる球体があり、目の前には球型スペースに浮かんだソラナー三名の姿があった。

だれかが背後からわたしの左肩にぶつかり、わたしを押しのけてターリイ・アンターナクのほうに漂っていった。ダライモク・ロルヴィクだ。その顔を見て、わたしはぞっとした。はげしい恐怖にさいなまれている表情だ。だが、赤い目は炎のように燃えていた。

「急いで三人を運びだすんだ、タッチャー！」と、しわがれた声でいう。

わたしはすなおにしたがった。急がないと、またさっきのようなことが起きるとわかっていたから。ロルヴィクがターリイ・アンターナクとゴンドル・グレイロフトを、わたしがクーン・ツブラをかかえ、回転しつづける通廊をぬけて、肉垂状突起のあるホールまでもどった。

三人は無意味な言葉をつぶやき、狂気の縁にいるようだ。《ソル》にもどれば治療は可能だが、問題は宇宙船なしで、どうやってコリエトから《ソル》まで行くかだった。

10

バシトルはゴルランスとともに、十一人の惑星管理者兼結び手の先頭に立った。かれらだけに感じられる複雑な重力線ネットがあり、十一人はそれに乗って居住球の入口前までできたところだ。

重力魔術師の住居につくまでは不安だった。呼びだしもないのに訪れた結び手など、これまでいなかったのだ。だが、もう不安はない。重力魔術師が訪問を望まないなら、重力線ネットを停止させたはずだから。

住居内にはいると、バシトルの気おくれは完全に消えた。内部はよく知っている。いつものとおり震動ワイヤーも機能していた。これは十一人の特別なヴァルベ人の補助脳の放射に反応し、五次元領域の震動を起こして、きわめて精密な重力チューブのような働きをする。

以前の訪問時と同じく結び手たちは非実体化し、対話球のすぐ前で再実体化した。試験迷宮を通過する必要はない。迷宮は結び手の候補として、はじめて重力魔術師の住居を訪れたヴァルベ人のためのものだ。

だが、重力魔術師はいつもと違い、浮遊する球体のなかになかなか姿を見せなかった。球体はそこにあるのだが不透明なままで、輝きが性急なリズムで脈動するばかりだ。壁面では光の模様が踊りまわっていた。

バシトルは両手をあげた。

「結び手より呼びかけます、重力魔術師！　この住居内に重力の不調和発生源があるのです。ご指示をお待ちします」

球体が徐々に透明になり、光の脈動が遅くなって、やがて完全にとまった。内部には乳白色のものが渦巻いていたが、それがすこしずつ、性別のないヴァルベ人の完璧な姿に変わっていく。

結び手たちはおなじみの心理的圧力を感じ、ほっとした。流れこんでくるインパルスを無条件でうけいれる。重力魔術師はヴァルベ人の守護者とわかっているから。

「結び手たちよ！」なじみ深い声が響いた。「よくきてくれた。不調和発生源がこの住居内にいるのは、ほんとうだ。重力罠発生装置をあたえるから、それを使え！」

球体のなかにヴァルベ人ほどのおおきさの装置が実体化。重力嚢のかたちをしているが、明らかにメタルプラスティック製で、ヴァルベ人の手になじむ操作盤が付属している。

「この装置を持って、破壊された通廊の先のホールに進め」重力魔術師が命じた。「そこに五人の異人がいる。まず、動いているふたりを狙え。重力罠にとらえるのだ。そのあと全員を、あとで指示する場所まで連れてこい」

声が消えた。

ヴァルベ人たちは重力罠発生装置を調べ、問題なくあつかえることを確認。重力魔術師がみずから侵入者に対処しない点には、すこし驚きをおぼえた。だが、全能のはずの魔術師が異人ふたりに対して無力だという考えが、頭に浮かぶことはなかった。

*

「強いショック状態にあるようだ」ダライモク・ロルヴィクが三人のソラナーを見ていった。

わたしはうなずいた。

「だれと戦っていたんです、サー？　敵を負かしたんでしょう？」

「そうだとよかったんだが」チベット人は急に疲れたようすを見せた。「残念ながら決着はつかなかった。こちらが優勢ではあったが、勝利にはいたらなかったのだ。敵の正体はわからない。だが、強敵だ。恐ろしく強い。あれは……ヴァルベ人ではなかった」

わたしは身震いした。

「何者でしょう？　どことなくおぼえがあるんですが、はっきり考えられなくて」

怪物はからかうようにわたしを見た。

「あんたがものを考えたことなどあるのか、ハイヌ大尉？　とにかく、わたしにまかせろ。脱出方法を探すため、瞑想しなくてはならない」ロルヴィクは真顔になった。「三人のようすをよく見ていろ。それから……奇襲に気をつけろ！」

わたしはうなずいた。

「居眠りは短めにしてください、サー。注意はいつでもおこたっていません。必要になったら起こしますからね」

「くだらないことで妨害するなよ、タッチャー。じゃまされずに瞑想できるかどうかに、全員の命運がかかっている」

「さっさとはじめてください。ポットは持ってきていませんから」

ダライモク・ロルヴィクは不思議そうな顔をした。わたしがなぜ、へこみだらけの古いポットを《ソル》の自分のキャビンに置いていると思うのか。チベット人の頭の褐色やグリーンの無数の痣は、なかなか瞑想からさめないとき、そのポットを使うのが習慣になっているせいだ。

怪物が床で脚を組み、まぶたが目をおおうと、わたしは三人のソラナーのようすを見にいった。三人とも床に横たわり、周囲のことには無関心だ。気の毒だったが、手もとの装備だけで救うことはできない。

背後でかすかな物音が聞こえ、わたしは振りかえって、息をのんだ。壁のハッチから数人のヴァルベ人がはいってきたのだ。整然と行進し、重力嚢をかたどったなにかの装置を運んでいる。コリエト政府の代表団だろう。重力嚢をかたどった装置は、われわれの歓心を買うための贈り物にちがいない。

だが、ソラナー三名がコリエトで遺憾な状態に置かれていたことを考えると、こころよく迎えるよりも毅然とした態度を見せたほうがよさそうだった。

わたしはアームバンド・トランスレーターのスイッチをいれた。

「わたしは《ソル》のタッチャー・ア・ハイヌ大尉だ。《ソル》のことは聞いているはず。平和な訪問者としてワシトイルに着陸したこの三人に対する虐待の謝罪にきたのだと思うが、言い訳を聞こうか」

十一人のヴァルベ人たちは不安をおぼえたようだった。ふたりが重力嚢型の装置を押しだし、なにか操作した。

「不安になることはない！　謝罪するなら、うけいれよう。いろいろと話しあうことがある。そのあと、全員が《ソル》にもどれるようにしてもらいたい」

「あれが不調和発生源だ！」一ヴァルベ人が叫んで、ダライモク・ロルヴィクを指さした。「急げ、バシトル、ゴルランス！」

重力嚢型装置を運ぶふたりが接近してきた。なにか操作している。突然、事態がはっきりした。ロルヴィクを起こすべきかと自問する。だが、まだその必要はないと判断。いつでも起こせるよう、ゆっくりとロルヴィクのそばによる。

そのとき重力嚢を模した装置の前部から、空気を震わせてブルーがかった細い線が何本も射出された。線はロルヴィクとわたしにからまり、収縮した。身動きができなくなる。

わたしはチベット人の頭を力いっぱい一撃した。ロルヴィクは目を開き、周囲を見まわし、かれを知らない者には信じられないすばやさで立ちあがった。からだがブルーの線に触れる。

われわれは同時にブラスターをぬき、周囲の線に向かって発射した。だが、そのエネルギーは吸収され、線を強化するばかりだ。しかたなく撃つのをやめる。

「タッチャー、このまぬけ！　重力罠につかまっているではないか！　どうしてこんなことになった？　なぜ、もっと早く起こさなかった！」

わたしは肩をすくめただけだった。

ヴァルベ人はわれわれを放置し、三人のソラナーを連れ去った。あとにはロルヴィクとわたしだけがのこされた。重力罠投射装置もそのままだ。

「ヴァルベ人たち、ソラナーの件で謝罪にきたと思ったのです」わたしは意気消沈して説明した。「その程度のことで、あなたを起こすことはないと考えたのでして。気がついたときは手遅れでした。重力罠に対してはなにもできないのですか、サー？」

「あんたがへまをすると、いつもわたしが尻ぬぐいだ！」怪物は憤然といった。「だが、重力罠は強力すぎる。重力震動を発生させれば、たぶん開くだろうが」

「あなたの重力不調和ではたりないのですか？」

「それでたりるなら、こうしてつかまってはいない。役たたずの火星砂嵐フクロウ！」

わたしは答えなかった。右に見える壁の一部に開いた戸口に意識が集中していたのだ。さっきまでそんな戸口はなかった。

その戸口から、よく知っている姿が三体あらわれた！

身長はいずれも一・五メートルくらい、身につけているのは短いズボンと幅広のベルトだけで、そこにさまざまな装備をぶらさげている。衣服におおわれていない部分には黒い毛が密生し、無数の棘が生えていた。

三体はテラの大猿のような〝優雅さ〟で近づいてきて、おおきなブルーの目でロルヴィクとわたしを見つめた。

ロルヴィクもようやく気づいたらしく、

「フルクース！」と、驚きの声をあげた。

「ええ、フルクースです」三体は数分前にヴァルベ人が通過した戸口に姿を消した。「クレルマクの補助種族です。クレルマクの影響がまだおよんでいない星系に、なぜ、フルクースがいるのでしょう？」

「まったくだ！　いろいろとはっきりしたぞ、タッチャー。フルクースがいる以上、直接にせよ間接にせよ、クレルマクが支配しているということ。つまり《ソル》は、クレルマクが支配する〝ヴァルベの巣〟にまっすぐ向かっているわけだ」

「ヴァルベ人にクレルマクのことを警告するために」

ロルヴィクはユーモアの感じられない笑い声をあげた。

「〝ヴァルベの巣〟にわれわれの注意をひきつけたのは、ヴァルベ人のコエルラミンスだ。どうやら《ソル》は罠におびきよせられているらしいな。しかも、その罠はすでに作動している。《ソル》ではまだだれも気づいていないが」

「われわれが《ソル》に警告しなくてはなりません」そうはいったが、われわれ自身、このホールから外に出るすべがなかった。

＊

ペリー・ローダンは二時間眠ったあと《ソル》の司令室にもどり、惑星ワシトイルの地表をスクリーンで見ていたアトランの横に立った。

「ロルヴィクとア・ハイヌはまだもどりませんか？」

アルコン人はローダンに顔を向けた。

「まだだ。なんの連絡もない。かわりにヴァルベ人代表団から連絡があった。まもなく到着するはずだ」

「どうも気にいりませんね、アトラン」ローダンは暗い顔でいった。「ロルヴィクとア・ハイヌから連絡ひとつつないというのが」

「ああ、気にいらないことばかりだ。三人のソラナーの消息もつかめないしな」

「ヴァルベ人代表団です！」ガルブレイス・デイトンが司令室にはいってきて大声をあげた。うしろには五人のヴァルベ人がつづいている。ローダンとアトランはトランスレーターのスイッチをいれた。

ヴァルベ人たちはローダンとアトランの数メートル手前で停止した。ひとりが口を開く。

「わたしは惑星管理者ウォイトナルです。あなたがたを〝種族の巣〟にお連れするよう命じられてきました」

「それはだれからの命令です？」ローダンはたずねた。

「〝ヴァルベの巣〟の管理者たちです」と、ウォイトナル。「あなたがたをお招きし、クレルマクとフルクースの脅威につき、協議する準備ができましたので」

アトランがローダンに合図し、ふたりはトランスレーターを切った。

「なにもかもうさんくさい」アトランがいう。「ソラナー三名と、ロルヴィクとア・ハイヌが行方不明で、われわれ、ワシトイルでは歓迎されなかった。それなのに〝種族の巣〟に招待するという。拒否すべきだ、ペリー」

ふたたびトランスレーターを作動させ、ローダンがいった。

「招待を感謝する、ウォイトナル。すこし考えたいので、そのあいだデイトンが案内するスペースで待っていてもらいたい。もちろん、あなたがたはわれわれのゲストだ」

ヴァルベ人たちは無言のまま、ガルブレイス・デイトンのあとについていった。ローダンはそのうしろ姿をもの思わしげに見送った。心が決まらない。一方になにかがおかしいという感覚があり、また一方に、クレルマクと小陛下からなんとしても〝ヴァルベの巣〟を守りたいという思いがある。

「セネカに訊いてみましょう、アトラン」ローダンはしずかにそういった。

重力ハッチ

ハンス・クナイフェル

登場人物

ペリー・ローダン……………………《ソル》のエグゼク1
ブジョ・ブレイスコル………………同乗員。猫男
ラス・ツバイ…………………………テレポーター
バルトン・ウィト……………………テレキネス
アラスカ・シェーデレーア…………マスクの男
ドウク・ラングル……………………テルムの女帝の研究者
チェトヴォナンク……………………軽石採集者。ヴァルベ人
シャアジャメンス……………………チェトヴォナンクの伴侶。ヴァルベ人

1

三五八三年十一月十五日　バイトゥイン　重力ハッチの谷

巨大な谷の上に星々が冷たくきらめいている。その光はごつごつした断崖や亀裂の連なる岩山を、闇のなかに浮かびあがらせた。谷底は岩と砂の広大な平原だった。風が甲《かん》高《だか》い音をたてて平原を吹きぬけ、砂を巻きあげては、すぐにまた地上に落とす。岩壁にかこまれた窪地には涸れた水流のシュプールが刻まれていた。吹きあげられた砂や土が地表に堆積した場所には棘だらけで表皮の厚い植物が生え、生命を敵視するこの谷にも生物が存在するという幻想をかたちづくった。

さまざまな色彩を帯びた揺らめく光の渦が星々に向かって垂直に伸びひろがり、闇のなかへと消えていく。ヴァルベ人ならだれでも、それがダコミオンまでつづく重力チューブだと知っていた。

無人の谷は〝種族の巣〟星系の第三惑星、バイトゥインにあった。はるか昔、ヴァルベ人は重力船でここに着陸し、星々にいたる最初の橋頭堡《きょうとうほ》を築いた。バイトゥインは不毛の惑星だったが、それでも入植が進められた。

ふたたび風が砂塵を巻きあげ、谷の中央に建つ、青白く輝く巨大建造物に吹きつけた。つかのま、建造物の姿がぼやけ、強烈な光がすこしだけ弱まる。砂塵は防壁にぶつかり、岩砂漠の上に落下した。

この谷で生じて滅んだ古代高度文明の遺跡とも思える巨大建造物は、重力ハッチである。それを見たヴァルベ人は力強さを感じると同時に、重力という自然力に対する自分たちの理解を再確認する。巨大な顔面を模した正面部分が岩から突出し、地面に鎮座していた。星明かりと、エネルギー渦流の発する弱い光が、頭部に掘削された長さ四百メートルにもなる溝の鋭い角に反射した。石でつくった重力魔術師の姿ともいうべき重力ハッチは、夜見てもその輪郭が、見えるというより、感じられた。実際には石ではなく、金属製だが。

本来は口があるべき位置に、円形の開口部がある。そこが入口で、岩砂漠から階段をあがるようになっている。重力ハッチの建造者は、訪問者が巨大な口に飲まれるイメージを採用したのである。

目をひく巨大な構築物が三つ、ダークブルーの強い光をはなっていた。いまではほとんど使われない古い言葉で〝かけがえのない腺〟と呼ばれる、ヴァルベ人の進化の過程で、もっとも重視されてきた器官である。にぶいグレイに輝く建造物後部の半円形のなかに、暗い星空を背景に、ふくらんだ三つの突起が見えている。

軽石採集者チェトヴォナンクは顔を伏せ、砂塵が岩砂漠の重力パターンを一瞬だけおおいつくして吹きすぎるのを待った。大小の砂粒が複眼のかたい表面を滑り落ちる。チェトヴォナンクは頭を振って砂をふるい落とし、ふたたび建造物に賞讃の目を向けた。長年にわたって岩の平原を歩きまわっているが、いつ見ても、とくにこんな夜には、支えらしい支えもなくそびえる巨大建造物はチェトヴォナンクを魅了した。ヴァルベ人の赤い重力嚢と違って色はブルーで、三つの突起の最上部のあいだにはつねに閃光と放電が飛びかっている。

軽石採集者は振りかえって、意識を集中した。いまいる場所は山の斜面と重力ハッチがある中央台地のあいだの、舌のかたちをした谷のなかだ。一瞬、渦流が揺らぎ、すぐに安定した。採集者は身をかがめ、ごつごつした岩のかけらを拾いあげた。重力構造が周囲のほかの岩とわずかに異なっている。チェトヴォナンクはそれを重力ネットにいれ、ゆっくりと進みつづけた。

かれとシャアジャメンスは、山の斜面を途中まで登ったあたりに住居をかまえていた。重力シュプールとハッチの入口のすぐそばだ。

住居の周囲には似たような石がいくつもあり、そのすべてがいずれモザイクの一部となるべく、定められた場所に位置していた。この芸術作品はかんたんな視覚器具を使って色と線をとらえることもできるが、闇のなかで重力器官で鑑賞すると、重力定数のきわめて繊細な差異があらわになった。軽石採集者はゆっくりと歩きつづけ、足もとに散らばる石を眺め、またひとつ、かけらを拾った。たぶんもう〝歓喜のいけにえ〟となるのに必要な量が集まったのではないだろうか。

またしても風が渦巻き、砂塵を吹きあげた。

惑星間の紐帯である重力チューブは、非物質的に揺らぎながら堂々とそびえている。重力魔術師の偉業に対する尊敬の念に、チェトヴォナンクは身震いした。

巨大なヴァルベ人の頭部が胴体と接するあたりから、三つの洋梨型突起が夜空に向かってななめに伸びだしている。ブルーの光をはなつ三つの金属製重力嚢《のう》は最下部の直径が四十メートル、最上部の最大直径は三百メートルを超える。高さはどれも三百メートル以上あった。ふくらんだエネルギー貯蔵庫が、ダコミオンまでつづく重力チューブの始点を夜風と砂塵から防護しているかのようだった。この大胆な構造を支えているのは、当然、目に見えない重力フィールドである。

チェトヴォナンクは肩のベルトに手を伸ばし、かすかに白く光る球体をとりだすと、片手の二本のおや指で押しつぶした。

「チェトヴォナンクだ。どう見えている、シャアジャメンス？」

すぐに返事が夜風のなかに聞こえた。

「良好よ。大量の多面体ファナイトを発見したわ。まるで巣みたい。驚くべきパターンだわ」

軽石採集者は羨望に近い感情をおぼえた。〝歓喜のいけにえ〟になるのは、シャアジャメンスに先をこされるかもしれない。

「わたしのネットはまだ三分の一くらいだ。ただ、立方体カーゲルプルフを見つけた。すこし急ぐが、いつもながら重力ハッチはすごいな」

「まったくね。ここからも三つの突起が見えるわ。いつ終わりにする？」

「朝いちばんだな。例のあわれな異人たちのこと、なにか知っているか？」

「指導者が〝種族の巣〟への招待をうけたようね。ただし、条件つきで」

チェトヴォナンクは気分が高揚するのを感じ、長い腕を振った。

「ゲストを歓迎するため、重力ネットに閉じこめる。戦略的だな」
「ええ。じゃあ、あとで。〝美しいパターンを〟、チェト」
「〝調和した線を〟、シャアジャ」

軽石採集者は複雑なパターンを描いて石ころだらけの平原を進んでいった。頸筋の角質突起から垂れさがった器官だけが、散らばった石の偶然の調和を探り、わずかな差異を感知することができる。この地は非常に長い間隔を置いて氷河や洪水や海進の影響をうけた。そのたびに運ばれてきた石が、立方体や球型や多面体を形成した。闇のなかでは不調和な角が輝いて見える……というのは詩的な誇張だが、軽石採集者はときどきそう口にした。いずれにせよ、かれはときどき目のこまかいネットを頭上の空中からとりだし、軽々と振りまわした。そのたびに石と石のぶつかる音がして、やがてネットがいっぱいになる。それほど稀少な石ではなかったが。昼間は軽石を集める時間をとるのがむずかしい。そのため、ふたりの軽石採集者は、生活のためではないこの作業に、夜の半分を当てていた。楽な作業なので、調和を維持しやすいという利点もある。

そうすることで全体的な重力の調和が保証される。それ以上にすばらしく、重要なことはない。それこそわれわれの人生の意味であり、異人にはそれがわからない……チェトヴォナンクはそう考えながら、軽く身をかがめた。

ヴァルベ人はだれでもよろこんでいけにえを捧げる。実際にはいけにえというより、栄誉なのだ。個人の安楽を犠牲にすることで全体に奉仕するのは。

複眼の一個眼が空を向いた。まさにそこに、一定の角度で交差する重力線が見えた。チェトヴォナンクは七つの結節点で時刻を読みとり、ネットが完全にいっぱいになるまで、もうすこし進もうと考えた。

長い腕がしきりに前後左右に動いて、石を集めていく。十一本の重力脈模様がある、驚くほどおおきなファナイトの破片。不規則な立方体結晶をなすカーゲルプルフ。ときどきクルモリンも見つかった。いっぱいになったネットが採集者のうしろにたなびく。チェトヴォナンクは最後に平原を一望し、重力嚢を保護する角質の盾の先端を掻いた。重力シュプールを発見し、それにそって音もなく移動して、居住泡に接近。

チェトヴォナンクはネットを空《から》にした。あたりには同じような、拾ってきた石の山がいくつもあった。採集物を見ると、誇りとよろこびをおぼえる。どこかべつの場所にうつせば、石の山はおだやかな光をはなち、陽光をスペクトル分解するだろう。だが、いま、重力的な意味のおおきなこの場所では、いかにも野蛮な、すばらしく不調和なパターンを見せている。

芸術家はそのパターンにさらに磨きをかけるのだ。

もちろん異人はなにも理解していない、と軽石採集者は思った。重力の中心と分布をざっと知るだけのためにさえ、不細工な機器を必要とするのだ。全体を調和させる繊細なパターンなど、感じることもできない。このパターンがヴァルベ人の人生を決定し、このパターンが崩れるとき、〝ヴァルベの巣〟にはカオスと終焉が訪れる。

だが、重力魔術師の静寂の調和がはじまって、まもなく二十五万年になる。調和は消えることなく、徐々に凝縮されてエッセンスとなり、最後にはもっとも濃密な調和に……個人の無重量化にいたるだろう。

軽石採集者は食事をし、からだを洗い、伸びをして、シャアジャメンスを待った。

また、異人のことを考えてしまう。かれらは重力線も、無数の重心や重力階調も把握できず、つまり重力システムそのものを理解できない。蛮人なのだ。はっきりしているのは、宇宙の友にも兄弟にもなれないということ。きわめて繊細な重力調和を妨害する存在だ。

＊

「理解できない」軽石採集者は疲れたようにつぶやき、予定時刻に目ざめる設定を終えた。「宇宙航行を知る種族が、宇宙的な重力調和の力強い歌や言葉を持たないとは！」

2

三五八三年十一月十六日　ガヌール／ラルミアン銀河　〝種族の巣〟

「備品と水を補給するための貴重な時間を浪費していることはわかっている」アトランがはげしい口調でいった。「だが、やはりまだ惑星に降下すべきではない」

ペリー・ローダンは唇をひきむすび、考えこむように惑星表面の映像を見つめた。

「たしかに間違った行動かもしれません。それでもやってみるべきです。ただ、ヴァルベ人はわれわれを下層民と見くだしています。宇宙の放浪者か、知性ある猿くらいに思っているかもしれません」

「卑下しすぎです！　認められません！」猫男のブジョがいった。

ソラナーがなにを認め、なにを認めないかはともかく、すくなくとも惑星ワシトイルのどこかと映像通信は確立していた。ローダンは通信士に合図。相手はうなずき、数秒後、司令室の大全周スクリーンにヴァルベ人の姿があらわれた。グレイの肌をして、胴は蜂のようにくびれているが、威厳があり、堂々たる態度だ。軍服のような宙航士の制服姿で、色とりどりの縞模様が制服を飾っていた。

「ヴァルベ人政府の結論は出たのか？」挨拶のあと、ローダンがたずねた。トランスレーターは完璧に作動している。

「重力調和の統一性が妨害されるといった重大事件については、ダコミオン政府が交渉にあたる」

犬の顔とトンボの目とゴム状の皮膚の腕を持つ種族の表情は、正確に読みとるのが困難だ。それでも身ぶりの端々に、人類が生まれてきたことを非難するような印象があった。

「そちらが〝ヴァルベの巣〟と呼ぶ星系を、この船で通過してみようと思うが」

調和にせよ妨害にせよ、映像通信は完璧だった。重力調和がなにを意味するのか、人類にはわからない。人類側にもヴァルベ人側にもいらだちが募っていた。

「すでにそちらを訪れた代表団が拒否したはずだ、ローダン。それはこちらにとって……〝ホルティジャアズ〟でないから」

トランスレーターがいいよどんだ。単語の意味が判然としなかったのだ。ヴァルベ人代表団の面々が、映像の範囲内に出てきた。

「あなたがたの船の構造は巨大すぎます！　着陸したら、あらゆる調和定数が決定的に破壊されるでしょう」代表団のひとりがいった。アトランは考えこむように、宙航士の簡素なコンビネーションに身をつつんだ、身長一・五メートルの異人を見つめた。

「では、どうすればいいと？」

「もっと小型の艦船があるはず……」

「数がたりないのだ」ローダンがいった。ヴァルベ人のひかえめな態度に、とりあえず友好的に接することにする。

「小型船に代表団員をひとり、案内役として乗せるということでいかが？」

「わかった。その提案に乗ろう」ローダンはエモシオ航法士のセンコ・アフラトに向きなおり、コルヴェットを準備するよう指示。アフラトはインターカムに近づき、乗員を選抜して呼びだした。

「もうひとつ提案がある」スクリーン上のヴァルベ人がいった。

「聞こう」

「その船が分離できることは知っている。物資の補給にいちばん適しているのはどの部分だろうか？」

「中央本体だ」と、ローダン。「ワシトイルに着陸していいのか？」

「物資を補給するだけならかまわない」

「感謝する！」アトランがいった。「すぐに準備しよう。だが、重力調和にとって〝ホルティジャアズ〟でないのではないか？」

「問題ありません」代表団員数人が急いでそう答えた。「さもなければ、着陸を許可したりはしません」

「筋は通っているな」と、アルコン人。「主張しつづけた甲斐《かい》があった」

アトランは、自分の論点もローダンの論点も、ともに重要だと認識していた。ローダンは招待に応じることに積極的だ。《ソル》のエネルギー供給に、すぐにも問題が生じるとわかっているから。一方、アトランは本能的に、〝ヴァルベの巣〟を構成する星系すべてについて警戒感をいだいていた。だが、状況は明らかに変化した。中央本体が着陸しても、SZ＝1とSZ＝2は軌道上にのこるのだから。

「いいだろう」とうとう、アルコン人がいった。「責任を分担しよう。ペリーは選抜した乗員とともに、コルヴェットで〝種族の巣〟に向かう。わたしは分離した中央本体でワシトイルに向かう。それでいいな？」

〈迅速な行動が必要だ。どのくらい時間があるかわからないから〉と、付帯脳が指摘。

ローダンは片手をあげて挨拶し、ヴァルベ人の3D映像に向かっていった。

「感謝する。提案にしたがおう。そちらの船が案内してくれると考えているが」

「そのつもりだ。重要事項に関してはダコミオン政府が決定する」

「時間がかかるかもしれないということか？」ローダンはやや不満げだった。

「そう考えるのは……〝モルドンク〟だ」トランスレーターが再度いいよどんだ。「わたしはこれで失礼する。ほかにも仕事があるので。いまは関係構築の正念場《しょうねんば》だ。質問には代表団が答えるだろう」

ヴァルベ人の鼻面《はなづら》の三つの孔が興奮したように開閉し、３Ｄ映像がスクリーンから消えた。ローダンは顔をしかめ、無意識にテルムの女帝のアミュレットに手を触れた。アトランの視線に気づき、つぶやく。

「ア・ハイヌとロルヴィクたちから連絡はありませんか？　ツブラか、グレイロフトか、アンターナクからでもいい」

アトランは無言で首を横に振った。

代表団のひとりが近づいてきて、からだの上部を軽くうしろにそらし、またもとにもどした。ローダンは驚いた。そんなことをしなくても、巨大な複眼で、視野のなかにあるものはすべてこまかく、はっきりととらえることができるはずだから。そのヴァルベ人に視線を向け、

「なにか?」と、たずねる。

「時間をむだにせず、脅威から逃れる方法を議論したいのです。そのためには急いで重力ハッチに行かないと。案内します、ローダン」

「わかった」ローダンは低い声で答えた。「センコ・アフラトの合図を待て。コルヴェットはすぐに準備できるはず」

アフラトがぶらぶらと近づいてきて、半メートルほど背の低いヴァルベ人には目もくれず、大声で報告した。

「乗員の準備完了。SZ＝1＝14、固有名《キュベル》が格納庫でスタートを待っています。スペシャリストの選定は終わっています。

背後でハルト人が両腕を高くあげ、恐ろしげな口を開いて、通常の会話程度の声でいった。

「子供たちのことはいつも気にかけている。もちろん、わたしも行くぞ」

大音声《だいおんじょう》に驚いたのか、その肉体構造が重力線に不調和をもたらしたのかはわからない。いずれにせよ、ヴァルベ人代表団は混乱し、たがいに押しのけあった。トロトはそれを見て、かれらをおちつかせようとした。アラスカ・シェーデレーアはその努力が逆効果になっているのに気づき、あいだに割ってはいった。だが、ヴァルベ人たちはすでに赤目の怪物を避けて司令室の出口に殺到していた。

「女帝の敵の攻撃をうけようとしている星系は、ぜひ見てみたい」ドウク・ラングルがいった。「調査と情報収集のまたとない機会になる。同行します、ペリー！」

ローダンはうなずいた。

数分でスペシャリストの選定が終わり、アフラトは《キュベル》の乗員五十名のリストをローダンに手わたした。女性二十三名、男性二十七名、いずれも数回の作戦行動を経験した者たちである。

ローダンはアトランに片手をさしだした。

「連絡を絶やさないようにしましょう。通信センターがうまくやってくれるはず」

「もちろんだ。わたしの目的ははっきりしている。できるだけ短時間で、できるだけ多くの水と物資を調達する。ダコミオン政府に幸運あれ。

きみにも幸運が必要だろう。あまり調和を乱すんじゃないぞ。〝調和した線を〟、ペリー！」

ローダンは一瞬考えこみ、すぐに笑顔を見せた。

「〝美しいパターンを〟、アルコン人！」

それはふたりがヴァルベ人から聞いた、別れの決まり文句だった。それを使うのは皮肉なパロディになる。とはいえ、ローダンもアトランも、問題を真剣にとらえるべきことは承知していた。ヴァルベ人の感覚世界は重力を感知する器官があるぶん、視覚と聴覚で世界を把握する人類よりも幅広い。その能力を失うことは、人類でいえば、急に盲目になるようなものだろう。

すばやく力強い握手をかわし、ローダンは司令室をあとにした。

＊

数分後、《キュベル》はゆっくりと格納庫から浮上し、待機するヴァルベ船に向かった。

「不安があるとはいいませんが、楽観もできませんね」と、艇長のセンコ・アフラトがいう。「あまりに異質というか、違いがおおきすぎて、ヴァルベ人は理解できません」

ローダンは否定的な身ぶりをした。

「いずれはたがいに理解できるようになる。ただ、われわれには想像もつかない感覚がわかるようにはならないだろうが。それともだれか、重力パターンがどうなれば調和したといえるのか、説明できるか？」

「無理ですね」ラス・ツバイが答える。「ハトに交響曲を説明するようなものです」

テレキネスのバルトン・ウィトが声をあげて笑った。

「そのうち、重力の調和がなくても話しあわなくてはならないと、ヴァルベ人を説得できるかもしれません。ただひとつたしかなのは、ヴァルベ人が自分たちを普遍的存在と考えていることです。われわれがそうは考えていないことは理解できないでしょう。ヴァルベ人にとって、われわれは蛮人なんです」

「同感です、バルトン！」ブジョ・ブレイスコルは、耳ざわりなふうっという声をあげた。

「わたしは調和を乱す！」ハルト人がうれしそうにいった。《ソル》での生活に退屈し、めずらしい経験はなんでも歓迎する気になっているようだ。

「それはわかっている」アラスカが両手で耳を押さえながらいった。「女帝の研究者はどう思っているんだ？」

ラングルはロジコルのはいったポケットを見やり、とまどった調子の甲高い声で答えた。

「ロジコルもヴァルベ人のことはなにも知らない。わたしにとって、目新しいことばかりだ。評価はさしひかえたい」

「この態度は見習うべきだな」ローダンが考えながらいった。「われわれ、偏見にとらわれすぎている」

アフラトがスイッチに指をかけたまま、

「われわれは充分に寛大だったはずです。あの犬面のちびどもを、しょっちゅうばかにしたりはしなかったんですから」と、応じた。

コルヴェットには漏斗型突起のある八角形のヴァルベ船十二隻が随行していた。飛翔体が加速すると、外殻の反磁力鋼のにぶいブルーの光が、速度とともにあざやかなブルーに変化する。船団は七つの惑星を擁する星系、〝種族の巣〟にまっすぐ向かうコースをとった。ヴァルベ船が小ジャンプ。ヴァルベ人は黄色恒星の第二惑星で進化した。この謎めいた種族の故郷惑星、ダコミオンである。三星系からなる〝ヴァルベの巣〟は、地球がいま存在する座標から、わずか九千百十九光年しかはなれていなかった。

三星系はほぼ正三角形の頂点に位置し、たがいに一・八光年ほどの距離を隔てているだけなので、飛行時間はさほどかからない。困難もとくになかった。ひ弱に見えるヴァルベ船も、ブルーの光をはなちながらやすやすと光速を超えた。《キュベル》もそのあとを追う。前方に黄色恒星が出現した。

「探知ステーション」十三隻が星系内にはいって速度を落とすと、ローダンがいった。

「星系の探知映像は出せるか？」

「第二惑星を表示しますか？」

「そうしてくれ」

ヴァルベ船は球型のコルヴェットをふたたび円形にとりかこんでいた。船団は第二惑星ではなく、第三惑星に向かっているらしい。ローダンは無言でスクリーン上の探知結果を見つめた。計算結果から、その推測は正しいと判明。

「センコ！　行き先はダコミオンではない。どう思う？」

艇長はわずかにコースを修正し、

「グレイの肌の乗客と真剣に話しあうべきでしょう」と、答えた。

ヴァルベ人たちはこれを当然と思っているようだ。惑星バイトゥインに向かう曲線コースを描いている。ローダンは通信ステーションに向きなおった。

「ランバー、トランスレーターを使って、ヴァルベ人に目的地を問いただせ。同じ惑星をめざしていないようだからな！」

「ただちに。ご自分で話しますか？」

「ああ、そうしよう。会話は司令室に流して、インターカムで艇内にも伝えろ」

「了解」

艇長席近くのモニターに、ヴァルベ船との交信用のちいさな窓が開いた。ヴァルベ人の船長か通信士が、きらめく巨大な複眼をローダンとアフラトに向ける。ヘルメットが角質の盾と重力嚢を防護していた。

「惑星ダコミオンに向かっていないようだが？」と、ローダンが質問する。

「そのとおりです。念のため、惑星管理者の個人秘書に問いあわせました」

「だが、招待先は第二惑星だったはず」

ヴァルベ人はおちつきはらって答えた。

「われわれの重力器官は、故郷世界ダコミオンの重力バランスに適合するよう進化しています。ダコミオンの重力値と重力パターンからはなれると、強力な見当識喪失に襲われます。そのため、順応処置が必要なのです」

「わかりかけてきた」と、ローダン。「その順応処置は、ダコミオンをはなれるときだけでなく、ダコミオンにもどるときも必要なんだな？」

「その理解は……〝モルドンク〟です。宇宙進出の初期段階から、この事実は考慮されていました。そこでいわゆる重力ハッチが建造され、運用されています」

「ヴァルベ人はその重力ハッチで、異惑星や宇宙空間の条件に順応するわけか？」

「〝モルドンク〟です。事情はわかりましたか？」

「ダコミオンに行くには、その前に第三惑星バイトゥインに立ちよる必要があるわけか」

「そこが当面の目的地になります。ついてきてください」

「もちろんだ」

映像が消え、ローダンとアラスカは顔を見あわせた。ヴァルベ人と人類の違いをあらためて思い知らされたのだ。アラスカは居心地悪そうにシートのなかで身じろぎし、やがてこういった。

「そのハッチがどう機能するのかは知りませんが、ヴァルベ人の文化というのは、重力と、そこから生じる多様な現象に左右されるようです。われわれが重力に順応する必要がないなど想像もできないでしょう」

「だからわれわれをバイトゥインに連れていくと？」ドウク・ラングルが興奮した声でいう。

「ほかに理由はないだろう」

ヴァルベ人はダコミオンをあとにするときも、そこに帰るときも、かならず重力ハッチを通らなくてはならないということ。重力器官をダコミオンの重力にあわせる必要があるから。たぶん両惑星間に、転送機のようなものを使った一種の輸送システムがあるのだろう。使われている技術はほとんど理解不能だろうが。

「当面、不信の念は封印しておくべきだろう」ローダンはそういって立ちあがり、コルヴェットの司令室を横切った。大全周スクリーンにうつる恒星の光がだんだん強くなる。探知センターはべつのスクリーンに、惑星の最初の拡大映像をうつしだした。半球が恒星の光をうけた球体に向かって、船団は進みつづけている。

「不毛惑星のようだ」ラス・ツバイは可視光映像を見ただけでそういい、身を乗りだして細部に目を凝らした。「われわれの尺度では、主星から遠すぎる」

「バイトゥインは工業惑星だという話だった」と、バルトン・ウィト。

「たぶんそのとおりだろう」

データからわかったのは、バイトゥインが地球サイズの惑星だということだけだった。直径一万九十八キロメートル、重力は〇・九三G、自転周期は三十時間一分四十八秒。ありきたりな数値である。観測機器によると、昼側の平均気温は摂氏二十度ちょうどだった。地表は大部分が砂漠と岩砂漠だが、低い山の連なりもある。川や湖はあるが、海洋らしいひろい水面は、宇宙船から見える側には存在しなかった。ヴァルベ船が速度を落とし、アフラトはコルヴェットの出力インパルスを絞った。

ドウク・ラングルが楽しげな声をあげた。

「わたしの推測では、ここには大規模な採鉱施設があり、その周囲に各種の製造工場が集まっているはず。ダコミオンからの入植者は、いわば正面玄関のそばに工場群を建設しているだろう」

「同感だ。ここに定住したいと思う者はいそうにない」ラスはさらに映像に目を凝らした。「どうでもいいことだが、景観についての美的感覚がわれわれとはずいぶん違うようだな」

規則性がないわけではない。たぶん最初に宇宙に進出し、〝ヴァルベの巣〟の境界を定めた者たちは、バイトゥインをたんにジャンプ台として利用しただけなのだろう。

大気成分を遠隔分析した結果、すくなくとも、呼吸は可能とわかる。川や湖のほとりには植生も観測できた。赤外線探知によると、谷や山の斜面にも植物があるようだ。自転により見えてきた内海の周囲にも広範囲の植生が見られた。

「乾燥した世界だ。いままでに会ったヴァルベ人の性格同様、からからに干からびている。おもしろ味のない連中だ！」司令室の奥に彫像のように立っていたイホ・トロトが咆哮《ほうこう》した。

ツバイが不機嫌そうにうなずく。

「トロトスのいうとおりだ。ヴァルベ人にユーモア感覚があるのかどうか、わからない。とはいえ、重力のパターンやリズムや、そのほかさまざまな性質にしたがいつつ、自由意志を持って生きている生命体ではあるらしい。その世界観を知るには、長く親密なつきあいが必要だろう」

「ヴァルベ人からすれば、われわれは〝盲目〟に等しいということ」と、ローダン。

「重力ハッチを通過したら、もっといろいろとヴァルベ人の規則がわかるだろう」

ブジョ・ブレイスコルは乾いた笑い声をあげ、否定的に片手を振った。

「なにもわかりませんよ。ダゴミオンに行っても、同じことでしょう」

ドウク・ラングルが急にからだをひき、頭上のスクリーンを指さした。そこには奇妙な光が出現していた。

「あれはなんだ？」

一本の直線が宇宙に伸びていた。それはスクリーンを横切り、無限の闇のなかに消えている。シルバー・ブルーのレーザー光のようだが、もっと指向性が高いのか、くっきりと見える。それはまるで無数の細い光をらせん状にきつく撚《よ》りあわせたかのようだった。光は惑星の大気圏を貫き、陽光で見えなくなりながら、ちいさな山地の、クレーター状のおおきな谷に射しこんでいるらしい。

「あれが重力ハッチとダゴミオンをつなぐ紐帯だろう」センコ・アフラトがいった。ヴァルベ船団はさらに減速したが、コースの変更はない。最後の瞬間にコースを変えないかぎり、重力放射の光が射しこむ、クレーター状の谷に着陸することになりそうだ。

「あの重力チューブはつねに存在しているのだろうか？」ラングルが疑問を口にした。

「わからないが、ぴんとはった糸のように、惑星間を常時つないでいるのではないかな。バイトゥインとダコミオンのあいだの重力相互作用にそって存在するのだろう。惑星の位置関係によって、長くなったり短くなったりして」

ブレイスコルが片手をあげ、シート上で猫のようにまるくなった。

「二惑星が主星をはさんで反対側にあるとき、重力チューブは恒星内部を通過するんでしょうか？」

「降参だ、ブジョ！」と、ローダン。「そこまではわからない。直線がカーブするのかもしれないな」

「それはもう直線じゃありませんよ」ウィトが口をはさんだ。

「惑星管理者か、その個人秘書に訊いてみることだ」ローダンは苦笑した。

そのあとは全員黙って、明瞭になっていく惑星の光景を眺めた。白いビーズを連ねたような雲が内海の上にひろがり、西風に流されていく。技術的な知識がある者たちは、画面上で見えなくなりはじめた重力チューブの構造を考えた。きつく巻いたらせんがつくる直線は陽光をうけ、蒼穹《そうきゅう》の果てへと消えていく。

ヴァルベ人の科学力を低く評価する根拠はなかった。高度な技術力を有しているのはまちがいない。重力チューブと転送機のエネルギー消費を比較すれば、ヴァルベ人はテラナーが利用する平均的な転送機よりもずっとすくないエネルギーで、同じ効果を得ているとわかるはずだ。

ヴァルベ人の行動は予見できないが、恐怖を感じる必要はないはず。

船団は通常の着陸態勢にはいり、平均的な角度で地上に向かった。随行船団の司令官から連絡があり、センコ・アフラトは技術情報を交換した。

ただ、〝アスパラクス〟という概念だけは理解できなかった。コルヴェットが着陸すべき位置に関することらしいのだが……

〝アスパラクス〟とは……？

3

三五八三年十一月十六日　バイトゥイン　注記

道路建造主任にして軽石採集者チェトヴォナンクの生涯の伴侶であるシャアジャメンスは、仕事中だった正午ごろ、惑星管理者の個人秘書から連絡をうけた。描画ペンを脇に置き、作業台の上に浮かんだ小型受信機の画面を開く。ちょうどプロジェクト・マネジャーのモデルをチェックしていたところだった。新ステーションに通じるあらたな道路の一部となる、谷をまたぐ重力支持橋のモデルである。

「異人の船が着陸するという話は聞いたかね、責任者シャアジャメンス？」

よく仕事でいっしょになるため、秘書とは旧知の間柄だ。

「ええ、秘書アルゴメンス。惑星管理者の決定は？」

秘書の口もとがゆるむ。シャアジャメンスは自分の美貌が異性にあたえる影響をよく知っていた。彼女を美しいと思わなかったら、その男は重力障害者といっていい。名誉ある任務を期待して、シャアジャメンスは顔を輝かせた。

「ある会議の結果が問題になっている。惑星管理者ワイブンスの秘書サラヴェンスが、決議文を伝えてきた。異人がダコミオンにやってくる。ただ、すぐではない。重力魔術師からことを急ぐなという指示が出ている」

薄物の袖は細い腕をそれとなく見せ、いくつも穴のある帯は、みごとなプロポーションのからだを強調している。アルゴメンスの複眼がきらめき、興奮で顔の皮膚がブルーの光をはなった。

「そのことは承知しています」と、シャアジャメンス。「同僚とも話をしましたから。異星船はまもなくドックの宇宙港の、蔓草のあいだに着陸するとか。あたりを案内して足止めするわけですね」

「あからさまにはやらないがね。秘書サラヴェンスとわれわれ全員の意見は、完全に一致した。政権内でもっとも愛想がよくて能弁な、しかも特殊任務に対する責任感と野心のおおきいメンバーが、異人に同行することになる」

「それでわたしが選ばれたのですか？」シャアジャメンスは驚いて、にこやかに秘書を見つめた。そのよろこびはほんものだった。

「そうだ。きみなら異人を〝モルドンク〟にあつかえるはず。重力感覚を持たない者たちの目をひくものを、すべて見せてやればいい。ただ、不審に思われそうな場所は除外する。重力魔術師がよろこばない。きみの石の山はどのくらい高くなった？」

シャアジャメンスは立ちあがり、ふわりとからだを回転させて薄物をなびかせた。腕を伸ばし、集めた軽石の山の高さをしめして、

「このくらいです」と、軽《かろ》やかに笑う。

アルゴメンスは身を乗りだし、二本のおや指をあげた。

「重力グライダーを一機、きみが自由に使えるようにしておいた。異人は高性能なトランスレーターを持っている。なんでも説明してやるといい。異人は非知性体ではない。われわれとは根本的に異なっているだけだ」

映像の範囲外にあるなにかにちらりと目を向け、わかったという意味の身ぶりをする。

「異星船が着陸したそうだ。宇宙港には情報を伝えてある。通信装置を忘れずにな、美しいシャアジャ」

「いつでもわたしに連絡できるように？」

「きみほど調和した話ができる者はほかにいないからな。今度はいつわたしのオフィスにこられるかね？」

「異人が〝ヴァルベの巣〟を立ち去ったらね、秘書」

「それはうれしい」

シャアジャメンスはシートの前に立ったまま秘書に手を振り、あからさまな欲望の目つきを堪能した。だが、そんなちいさな勝利の感覚はすぐにすぎさる。困難な任務に集中しなくてはならなかった。異人たちがダコミオンで十一人の惑星管理者と会うのをできるだけひきのばすのだ。視察旅行をおこなえば、それなりの時間は稼げるだろう。

「すぐにスタートするかね？」

シャアジャメンスは言葉づかいをもとにもどした。

「異人たちが知るべきことをすべて知るまで、全力で足止めします、秘書。惑星管理者たちはわたしが異人と交渉することを知っているのでしょうか？」

「責任者シャアジャメンスがこの重要な任務をひきうけたと、わたしから報告しておく。きみが〝歓喜のいけにえ〟を要求されるのは確実だろう」

「感謝します、秘書！」シャアジャメンスは感動の声をあげた。

通信装置のスイッチを切る。シャアジャメンスは短時間でチェックを切りあげ、建物を出て、必要なものをすべて持っていることを確認した。外には漏斗型突起と透明なキャノピーをそなえた、大きな円盤型の重力グライダーが待っていた。

今夜の軽石採集はできそうにないわね、と、やや残念に思いながら、キャノピーを閉じて操縦席にすわる。計器盤が明るくなり、グライダーはドックの宇宙港に向かって飛翔した。平原上空にさしかかると、調和した形態のヴァルベ船にかこまれて、球型船が一隻、クモのような不調和な脚を伸ばして着陸しているのが見えた。降下すると、船団はハシリグサにおおわれた丘の稜線の向こうに見えなくなった。シャアジャメンスは異人のことと、自分の任務のことを考えた。自然がなぜ、〝ヴァルベの巣〟の美しい規範からかけはなれた生命体を創造したのか、彼女が知ることはないだろう。

外見も、おおきさも、考え方も違う……理解できるし、想像もできる。

船のかたちも、言語も、人格も違う……考えられるし、ありえることだ。

だが、重力嚢と補助脳がなかったら、惑星の周囲や地表や繊細構造内で調和と不調和を体験することができず、誠実で私心のない美を愛《め》でることもできない。それができない生命体は心がなく、〝モルドンク〟ではありえない！

グライダーはまっすぐに丘の連なりを越え、不調和を避けて上昇した。船団はすでに着陸している。球型船は着陸床のはずれにあり、ハッチから伸びた斜路が地面に接していた。シャアジャメンスは指先で軽く操縦装置に触れ、グライダーを斜路の前に向けた。

泡状の組み立てホールや、巨大な基礎や、箱をいくつも積み重ねた立方体のまわりには運搬設備があり、何本もの搬送路が解体区画につづいていた。司令船から三人のヴァルベ人がグライダーに近づいてきた。シャアジャメンスはキャノピーごしに手を振り、外に出た。

それは随行団長その人だった。団長は秘書から話を聞いており、責任者にうやうやしく挨拶した。

「異人が質問するよう、わたしが誘導する。アルゴメンスの人選ならまちがいない」

ふたりは儀式的な身ぶりをしてから、異星船の斜路に近づいた。その姿は重力水準器に記録され、重力魔術師はシャアジャメンスがどれほど困難な作業をひきうけたかを知るはずだ。

「努力します。困難な任務ですが、だからこそやりがいがあるのです」

なんの話をしているのかは、どちらもわかっていた。一定数の個人が自由意志によって涅槃にはいることでのみ、種族の文明と文化と生存は守られる。すべてをもとめることはできない。論理的に明らかな解決法は存在しなかった。多数の作業や任務を献身的にこなすことが、よりおおきな安全にいたる近道なのだ。

道路建造主任チェトヴァナンクと同じように、かれらも〝歓喜のいけにえ〟となることをもとめている。ただ、それがうけいれられるという保証はなかった。

異人がひとり船から出てきた。胸にトランスレーターをさげている。

「〝いいリズムを〟、ローダン」船団司令官がいった。「たったいま、三名を選んでダコミオンに同行させていいと連絡があった。ただ、すぐにではない。この若い女性はシャアジャメンスという。質問のすべてに……ほぼすべてに答えてくれる」

「〝美しいパターンを〟、ヴァルベ人」大柄な異人がいった。「友三人とわたしだな。いつになる？」

「それはこの惑星管理者の秘書の使者に連絡させる。まだ準備ができていないのだ。この女性があたりを案内して、できるかぎり質問に答える」

異人数人が斜路の下に集まっていた。華奢《きゃしゃ》な若い女は慎重に、異人の姿と服装と、重力パターン的に無秩序な態度を観察した。重力水準器はいま、異星船の着陸によって生じたアスパラクスな影響を感知し、重力均衡をとろうとしているだろう。ヴァルベ人宙航士はしなやかな腕を伸ばし、異人の指導者の肩に手をかけた。明らかに男性であるこの指導者は、胸にクリスタルをさげていた。

「宙航士ローダン」ヴァルベ人が大声で呼びかける。「ここはわれわれが星々への道を歩きはじめたとき、最初に到達した惑星だ。施設は当時のまま保存されていて、形状を見れば目的がわかる。この女性が案内する。

あなたがたが最初の宇宙飛行に乗りだした時代を思い返してもらいたい。細部の違いはきっと興味深いはず。あなたがたが重力パターンを認識できないのが残念だ。調和した世界の美しさがわからないということだから」

ヴァルベ人はそういうと宇宙服につつんだからだを折って一礼し、船にもどった。

「では、周囲の施設を見せていただこう」ローダンがいった。「仲間たちはドック内を見学している。名前を聞かせてもらえるかな？」

責任者は答えた。

「わたしはシャアジャメンス、建物と道路の重力チューブの責任者です。くわしくはあとで説明します」

ふたりはならんでグライダーに乗りこんだ。

グライダーはすぐに上昇し、重力シュプールにそって飛びはじめた。

＊

実体化したのは風化の進んだ巨岩の連なりと、広大な石の平原のあいだだった。眼下にはあの目だつ建物群と、宇宙港と宇宙船が見えた。

「いずれにせよ」バルトン・ウィトはラス・ツバイの手をはなした。「ヴァルベ人とその文明を完全に理解するのは不可能という印象だな」

ふたりはぬけるような青空と、中天にかかった白熱の恒星を見あげた。台地はグレイで、遠い山なみのかげになった部分だけが褐色に見える。風のあたらない窪地には乾燥した、錆色や暗いグリーンの植物が生えていた。草に似た苔が不規則にひろがっている場所もあり、全体として荒涼とした雰囲気だ。そのなかに建物や施設が建っている。

「《キュベル》からここにテレポーテーションしたのは調査のためだ。そのことだけ考えよう。情報が集まれば理解も進む……この風景を見ると、あっと驚くような情報はなさそうだが」

「まったくだ。とにかく、スタートしよう」

ゆっくりと数歩、斜面を登りはじめる。やがて巨大クレーターのような谷が見えてきた。谷の反対側は半円形の絶壁で、谷底には驚くべき建造物が見えた。

宇宙から射しこむ青く輝くらせんがその巨大建造物のなかに消えているのを見て、それが惑星バイトゥイン側の重力ハッチに関係していることがわかった。

搬送路と着陸床にヴァルベ人が集まっていた。長い列をつくって、巨大なヴァルベ人の〝ロ〟のなかに次々と消えていく。ラス・ツバイとバルトン・ウィトはその信じられない建物を見つめ、当惑を深めた。

「接近してみるか、バルトン？」ツバイがたずねた。

「もちろんだ、相棒」

ツバイはテレキネスの腕をとり、目標を決め、ジャンプした。

4

三五八三年十一月十七日　〝最後の巣〟ワシトイル周回軌道上

分離したSZ＝1とSZ＝2の乗員は、まったく予期しない突然の警報に、通常勤務態勢の平穏をいきなり破られた。

「《ソルセル＝1》探知センターより緊急警報！

〝ヴァルベの巣〟の三恒星から五光時の距離に、大規模艦隊らしきものがリニア空間から出現。シュプール特性から、七百隻規模のフルクース艦隊と見られる。規模はさらに拡大中。まだ移動はしていないが、集結ポジションは〝ヴァルベの巣〟と予想される。

通信センターは、ただちにアトランに報告を！

くりかえす……」

数人の男女が興奮して跳びあがり、探知センターからの映像が表示された大全周スクリーンの前に駆けつけた。通信センターは当然、迅速に反応した。着陸した《ソル》中央本体との通信は分離後も維持されている。すぐにアルコン人の3D映像があらわれた。

「了解した」と、アトランがSZ＝1の首席通信士に返答。「おもしろくなってきたな。現状はどうなっている？」

これ以上フルクース艦が出現したら逃げるしかないことは、分離した三隻の全乗員が承知している。黒い毛皮の異人の行動はすばやかった。バルディオクは高度な情報網を持っているにちがいない。

「変化ありません。フルクース艦は増えつづけており、現在、およそ八百隻です」

「ローダンの懸念が早くも実現したな」アルコン人は低くうめいた。「中央本体は補給中だが、ヴァルベ人は手際がいいから、困難はないだろう」

「艦隊による侵攻と小陛下の設置は目前に迫っていると思われます。もちろん数日の猶予はあるでしょうが、長くはないはず。現在、セネカが猶予期間を計算しています」首席通信士が興奮した口調でいう。

「すぐにヴァルベ人に警告する！」と、アトラン。

「あの漏斗船は、侵攻してくるフルクース艦隊には無力です！」周囲があわただしくなった。当直の乗員たちはなにをすればいいかわかっている。だが、アトランが方針を決定するには時間が必要だった。《キュベル》がチーフをはじめ主要人員を乗せて、二光年近くはなれた星系に行っているのだ。

「ペリーにハイパーカムで連絡したか？」アトランが片手をあげて、通信士に質問。

「やっていますが、まだ応答がありません」

アトランはうなずき、考えて、しずかだが、鋭い声で命じた。

「分離した三隻が迅速に結合できるよう、周回軌道にあがる準備を進めろ。資材と水の積載は最後の瞬間までつづける。わたしはヴァルベ人に警告してくる。つねにだれかしら近くにいるからな。とりあえず、以上だ」

「了解。離陸準備にかかります」

アトランは唇をひきむすび、目を閉じた。

アトランは船を出て、マイクのスイッチをいれた。両球型艦の乗員にも、増えつづけるフルクース艦の脅威に対するヴァルベ人の返答が聞こえるはずだ。

「これが最善だ！」

＊

アトランにはヴァルベ人の目や口やつきだした鼻面の表情は読めなかった。とはいえ、長くたなびく衣装の色と模様から、相手が惑星ワシトイルの高官だということはわかる。

「いかにも、わたしがあなたの対話相手だ」ヴァルベ人が冷たく、自信に満ちた口調で答えた。「わたしは惑星管理者メルポヴァンスの個人秘書、ブロデリンスだ」

惑星管理者とは議員のようなもので、秘書はその補佐に相当する。アトランは秘書と向きあって折りたたみ椅子にすわり、あまり偉そうに見えないといいのだがと思いながら、情報を伝えた。

ヴァルベ人の態度にはまったくなんの変化もなかった。アルコン人の観察眼は鋭い。しかもそのときは相手を注視していた。

〈ヴァルベ人は人類とは違う。同族同士なら、こまかい心の動きをはっきり読みとることもできるだろうが〉脳の論理セクターがささやいた。

「重大な脅威だ」ヴァルベ人は驚いたふうもなく答えた。「異人ローダンの小型艇はすでにバイトゥインに着陸し、そこから代表団がダコミオンに向かうことになっている」

アトランは驚いて背筋を伸ばし、かぶりを振った。

「あなたは隷属ということがわかっていない！　われわれ、仲間や異人が小陸下に奴隷化されるのを見てきた。あなたがた全員にその危機が迫っているのだ」

ヴァルベ人は慎重な態度を崩さない。アトランの話を信じていないか、あるいは……アトランはべつの可能性を考慮し、恐怖をおぼえた。これが罠だったら？　ヴァルベ人は《ソル》がかれらとももども、バルディオクの力の集合体にはいることを望んでいるのでは？　アトランは立ちあがった。

「警告はした。真剣に考え、惑星管理者に相談することだ。どれくらい時間がのこっているのかはわからない……あなたがたの宇宙船では、大艦隊から〝種族の巣〟を守ることはできない。たちまち全滅させられるだろう。

生涯を奴隷としてすごすことになるんだぞ、ブロデリンス！」

「じつに悲惨な運命だ」と、ブロデリンス。「警告には感謝する。だが、わたしがここで防衛計画について話したら、越権行為になることはわかるはず。それはとても〝非モルドンク〟だ！」

「警告は伝えるのか？」

「もちろんだ、〝よき反復を〟、アトラン」

アトランは堂々たる足どりで小型グライダーに向かうブロデリンスを見送り、憤然と声をかけた。

「〝調和した線を〟、ヴァルベ人！」

背後でガルブレイス・デイトンが咳ばらいし、うなずいた。話を聞いていたらしい。

「なんということだ！」と、動揺してつぶやく。「絶対の自信があるのか、徹底しておろかなのか、それとも、あの曖昧な態度の裏に、なにかかくしているのでしょうか？」

「三番めだと思う。進捗状況はどうだ？」

アトランは、デイトンの表情を見ただけで理解した。積載量に満足していない。ただ、時間はまだあった。どのくらいあるのかはわからないが。

〈たぶん、ほとんどない〉と、付帯脳がささやいた。

デイトンとアトランが司令室にもどると、《キュベル》から返答があったところだった。

*

クレルマク：準備はととのった。多次元ペンチの顎は仮借なく閉じる。重力魔術師を信じる全ヴァルベ人は、この計画を支持するだろう。

わたしは重力魔術師だ。

わたしによっておまえたちは、黒い船が〝ヴァルベの巣〟を奴隷化するために出現することはないという安堵を得る。強大な敵の傭兵と推測される異人の巨船は、罠に落ちた。侵攻艦隊の目的は、この罠を閉じることにある。

わたし、重力魔術師は、おまえたちの行動の正しい線を放射する。わたしを、わたしだけを恐れよ。わたしはおまえたちの宇宙の魂だから。ヴァルベ人は自分たちが安全だと知っている。だが、なぜ安全なのかを知らない。二重の奴隷化というものがあるだろうか？

否！　われわれ、異人を殲滅《せんめつ》したいのではない。かれらとテルムの女帝との関係を知るため、阻止しなくてはならないのだ。それはこの〝ヴァルベの巣〟でかならず実現するだろう。事実が判明し、異人を従属させたならば、あの戦争クリスタル保持者、プーカルについても尋問できるはず。異人からの警告はヴァルベ人にとり、待ち望んだものだ。これまで、おまえたちはわたしの仕事によく協力してくれた。それはおまえたちひとりひとりが、〝歓喜のいけにえ〟を早くささげることを望んだからだ。

わたしはくりかえし計画を見直してきた。完璧とはいえないが、異人の船とその乗員をこの星系に足止めするには充分だ。そのあと、尋問をおこなえば、秘密を知ることができるだろう。

クレルマクはその情報を比較検証する。論理的な結合は網を形成し、そのなかに《ソル》をとらえるだろう。すべては罠星系に集まった。特殊な反応をしめす一個体も、そこにからめとられている。

ペンチの顎は閉じはじめている。罠はゆっくりと閉じ、その異質さゆえに、異人の目には見えない。異人が観察しても、正しい鍵は見いだせない。これはクレルマクが異形の船の乗員を過小評価しているのではない。かれらは狡猾《こうかつ》で、反応もすばやい。だからこうした手段をとったのだ。

計画が正しく遂行され、クレルマクは心地よく感じている。すべての道が交差した。任務を達成できたのはさいわいであり、個々の道を観察し、計画が機能したのは、満足できることである。純粋な知性のなせるわざだ。宇宙的頭脳が計画し、ヴァルベ人が協力し、異人はあともどりできない一点に接近している。

かれらはすばらしい道具になるだろう！　頑健で、勇敢に戦うから。

クレルマクは幸運だった。調和した線の起源は、重力魔術師の住居にある。

5

バイトウイン　発見

ふたりは何度も位置を変え、重力ハッチのある建物を正確に見きわめようとした。丸々とふくらんだ重力嚢が三百メートル以上の高さにそそりたっている。恒星が雲にかくれて空が暗くなると、エネルギーらせんはその輝きを増した。

「ヴァルベ人はここのダコミオンのあいだを間断なく行き来してるようだな」バルトン・ウィトがつぶやいた。「すると、あらたな疑問が生じる。ここから船でダコミオンに向かった場合、乗員は上陸を許可されないのだろうか？」

ラス・ツバイは肩をすくめた。外部からはなんの支えも見えず、技術的には〝ありえない〟建造物だ。連結橋を見ただけで、不可視の力に支えられているとわかる。建物全体がエネルギー性のクモの巣につつまれ、それが巨大な基礎のかわりになっているのだ。だから空中に浮かんでいるように見える。

「たぶん、各惑星が独自の艦隊を保有して、それが惑星間を行き来しているんだろう」

テレポーターが推測した。

「ありえるな。なかを見てみるか？」バルトンは迷っている表情だった。

「危険すぎる。なにがあるかわからないんだ。バリアをはっているかもしれない」

テレポーターとテレキネスはいいコンビだった。もっとも、ウィトは《キュベル》に乗りこんで以来、まだ一度も超能力を使っていなかったが。ふたりは偵察のため、おおきな円を描いて地上をテレポーテーションしつづけていた。重力ハッチは最大の見ものだ。機能は形態にあらわれるというヴァルベ人の信念は、とても根深いものであるらしい。これはその最大の証拠だろう。

「ヴァルベ人の頭部を模した巨大建造物に、三つの重力嚢がある……じつに不思議だ」

バルトン・ウィトがいった。「そう思わないか？」

「ああ、たしかに」

《キュベル》には数回、かんたんな連絡をいれてあった。ローダンとヴァルベ人の案内人はまだ見学ツアー中だという。

「宇宙港近くの建物は、不格好ではあっても、目的に応じた形態だった」

ラスはべつの目標を発見した。この巨大な谷のはずれにある山地の、峰のひとつだ。

「たぶん初期入植者の遺跡だろう。急ごう。陽が落ちる前に」

「了解。どこに？」

「あの峰の上から、進む方角を確認しよう」

バルトンはツバイのベルトをつかみ、山地に目を向け、うなずいた。いちばん高い峰が最後の残光に赤く染まっていた。ふたりの姿が岩陰から消える。そこに生じたちいさな真空に空気が流れこむ音は、だれも聞いていなかった。両ミュータントはいちばん高い峰の頂上にある、磨かれたような巨大な丸岩の上に出現。目的地はすぐにわかった。巨大だ！

ラスとバルトンの前に、ふたたび谷が開けていた。さっきの谷ほどおおきくはないが、やはり防護されている。ふたりの正面、谷をかこむ崖の反対側にゲートが見えた。投光器がそこらじゅうに設置されている。谷の中央には工事中の巨大な建物があり、その基礎らしいものが見えた。豆粒のようにちいさな、一ヴァルベ人の姿もある。数秒間、さっきのものよりずっと強力な第二の光のらせんが空に向かって伸びあがり、明滅して消えた。基礎の中央になにかが見えた。格子型のパラボラ鏡らしい。

「見たような形状だが……」ラスがいいかける。

「同じことを考えていた」と、バルトン。「あらたな重力チューブをつくっているようだ」

岩の風下側にすわって、さらに観察。ラスは探知ステーションの最新データを思い返した。

計算と比較の結果、驚くべき結論に達する。

「これは見た目よりもずっと強力だ。思い違いでなければ、このあらたな重力チューブは、隣接する〝第二の巣〟星系と行き来するためのものだ」

「まちがいないのか？」

「《キュベル》にもどって確認すればいい。三恒星と惑星の位置を思いだして、概算してみただけだから。いずれにせよ、目の前にあるあの通廊は〝最後の巣〟に向かうものではない」

「なるほど。しかし、とんでもないものをつくるな」

ふたりは再度、活発な建設現場に目を向けた。ウィトはコルヴェットに情報を送信し、さらに接近して観察すると連絡した。

二星系を通廊でつなぐというのは大胆な計画だ。だが、ヴァルベ人にとって重力とそれに付随する現象は、人類にとっての火と光のようなものだった。なんの問題もなく技術的にコントロールできるのだ。補助脳または脳類似器官の一部が発達した重力嚢は、数万年にわたる進化の末、重力を完璧に感知できるようになっているのだろう。

「建設を急いでいるようだが、なぜだろう？」と、バルトン・ウィト。

「わからない。なにかあったのはたしかだろうが。もっと接近してみよう。あのまるい塔の屋根なら体重を支えられるだろう」

「どこだ？　右手奥のあれか？」ウィトは周囲を見わたした。

「ああ、それだ」

数秒後、ふたりは屋根の端近くに腹這いになっていた。施設群の中央近くで、周囲にある建築用の足場のいちばん高い位置よりもさらに高い。谷のなかでは陽はすでに落ちていた。星々が濃いブルーの空で瞬きはじめる。またしても重力チューブが空に伸び、しばらくそのままとどまったあと、送出施設内にひっこんだ。うなりとざわめきが谷に満ち、不毛な斜面におおきく反響した。

ミュータント二名はまだ発見されていないようだった。この先、危険はややおおきくなるが、心配しすぎる必要はない。ラスとバルトンは凝集口糧を食べ、水を飲んだ。

「通信を傍受したとしても、われわれの位置はわからないはず」

「そうだな」

数カ所で映像を撮影し、いちばん重要な場所を探りだそうとする。眼下では作業員が駆けまわり、マシンを操作し、指示や応答を叫んでいた。無数の投光器がさまざまな色の光で現場を照らしだしている。何千という作業員が部分的に完成した橋のたもとの、ひろい道路部分に集まっていた。そこではもっとも強力な〝重力工法〟が使われているはずだ。テラの技術者だったら、あんなに細い構造材で橋を支えようなどとは考えもしないだろう。

ラスがいった。

「興味深い光景にはちがいないが、ここからでは惑星住民になんの影響もおよぼせない。もっと接近しなくては!」

「いいとも。だが……なにをするつもりだ?」

「情報を収集する」

「どんな情報を?」

「興味があるのは重力チューブ発生装置と、その近くにある施設だ。装置はまだ完成していないから、細部がよくわかるかもしれない」

「意味があるのか?」

ラスはバルトンに笑みを向けた。テレキネスは友を理解しているが、疑念もあった。超能力を使っても、ヴァルベ人が仲間同士でしている話の内容はよくわからないだろう。

こんな騒音だらけの建設現場では、立ち聞きは無意味だ。バルトンは笑みを返した。

「わかった。ジャンプして映像を数枚撮影し、現場からはなれた居住区画で住人同士の話を立ち聞きしよう。ヴァルベ人は共謀して、われわれに嘘をついているんじゃないかと感じているんだ。

　これまでに聞いた話は、どれも口調はていねいだが、よそよそしい印象だったからな」

　ラスは笑い声をあげた。

「だれもがそれで悩んでいる。とくにペリーとアトランが」

「よくわかる。同感だ。よし、十秒間だけ発見されずにすむ場所にジャンプしてくれ」

「了解！」

　再実体化したのは一見空中に浮かんでいるような巨大な発生装置からつきだした、無人のちいさなプラットフォーム上だった。発生装置はもちろん不可解な力で支えられ、細い支柱で制御されている。記録装置はそれらを効率的に撮影していった。屋根の上からは巨大な玩具に見えたものが、近づいてみると、複雑な技術の塊りだとわかる。ヴァルベ人作業員たちは色とりどりのブロックのあいだに浮遊して、よく理解できない作業に従事していた。

両ミュータントが影のなかから建設現場を撮影していると、突然、近くのスピーカーから大音響が流れた。

トランスレーターが作動し、ラスは急いでそのスピーカーを手で押さえた。

「最初の標的射出の作業は完了したか？　そろそろ次の準備にかからなくてはならない……」

作業中の重力コマンドから返答がある。

「まだだが、すぐに次の試験を開始する。重力魔術師に栄光あれ！」

「栄光あれ！　了解した」

ラスは記録装置をしまい、バルトンの上腕をつかんだ。

「山の上にもどるぞ。急げ！」

「わかった。ちょっと待ってくれ」

ラスが目的地に意識を集中し、ジャンプしようとした瞬間、重力チューブ発生装置が作動した。支柱とプラットフォームがブルーの光につつまれ、余剰負荷があらゆるものに打ちつけた。テレポーテーションはおこなわれたが、なにかが起きた。

ツバイの超能力は瞬間的に発動するので、両ミュータントはとくになにも感じなかった。消滅すると同時に、べつの場所に出現する。だが、実体化した瞬間、全身の細胞をさいなむような苦痛に襲われ、ふたりは悲鳴をあげた。からだをばらばらにされるような苦痛に揺さぶられて意識を失う直前、そこが山の上では〝ない〟ことがわかった。

重力チューブの嵐に巻きこまれ、べつの場所に出現したのだ。

ふたりはすぐに気を失った。極度の苦痛が数秒間つづいたあと、いきなり意識がとぎれる。ふたりはうめいて、その場に倒れた。自分たちがどこにいるのかもわからず、カオスの中心にいることなど、知るよしもなかった。

6

三五八三年十一月十八日　バイトゥイン　《キュベル》艇内

赤と褐色まだらの猫男ブジョ・ブレイスコルは、自分のキャビンの長椅子の上でまるくなっていた。目ざめと眠りの合間で心地よく夢を見ている。喉を鳴らしているが、自分では意識していないし、気づいてもいなかった。

ローダンが若いヴァルベ人女性とともにもどってきた。ブジョは毛玉のようになってからだを掻いた。顔にはかすかな笑みが浮かんでいる。ヴァルベ人の男たちはローダンの案内人を見るとだれもが振り向いて、その姿を賞讃した。横にいる大柄な異人は、ほとんどそそえものだった。

突然、かすかに聞こえるささやきのような、異質だがよく知っているインパルスを感じた。

ブジョはうなるように息を吐き、跳ね起きた。すばやく耳を押さえ、集中できるように目を閉じる。

「まただ！」

宇宙の静寂のなかから思考がとどくのだ。テレパシー性インパルスだが、正体はわからない。意識的な思考ではなく、無意識の呼び声の断片のようなものだった。漠然とした不安と、ぼやけた意識パターンがわかるだけだ。

猫男は十分間、極度に緊張して身動きひとつしなかった。キャッチできるのはそのインパルスだけで、第二のインパルスは聞こえてこない。

ヴァルベ人の思考はテレパシーで探れなかった。重力嚢が障害になるらしい。ブジョはインパルスの本質を熟考し、緊張を解いた。思わず跳びあがる。それがなにを意味するかが、いきなり閃いたのだ。

力強い跳躍三回でハッチの前に行き、コルヴェットの通廊に跳びだす。ペリーは司令室にいるはずだ。ブジョはすばやく通廊を駆けぬけ、司令室に跳びこんだ。鋭く輝くふたつの目には、室内は暗くおちついて見えた。ローダンは無言で、すこし身を乗りだすようにしてシートにすわり、船載ポジトロニクスが出力するデータを見つめていた。右肘のそばにコーヒーカップとポットが置いてある。

「サー！　報告があります！」ブジョは喉を鳴らしながら声をかけた。

ローダンは顔をあげ、じっと猫男の目を見た。

「聞こう」

「とてもぼんやりしたテレパシー性インパルスをキャッチしました。〝第二の巣〟の、ダライモク・ロルヴィクからだと思います」

「〝第二の巣〟？」ローダンは驚いてたずね返した。

「はい、たぶん。とても……不明瞭なんです。でも、まちがいないと思います。これも確実じゃありませんけど、警告のようです。根拠はなくて、印象ですけど」

ローダンは口もとを引きしめ、考えこんだ。数千名がワシトイルを監視し、数グループがここバイトゥインで情報収集を試みているときに、今度はこれか。ブジョの報告にどれほどの信憑性があるだろうか。

「ロルヴィクからの警告なら、作戦に関することだろう」

「いったとおり、印象だけです。なにを警告したいのかはよくわかりません」

「これまでの予想と、わずかな事実とも符合する」ローダンは疲れて見えた。肉体の疲れではなく、不安と確信のなさからくるものだ。それでもブジョは、ローダンがテルムの女帝の臣下として戦いつづけると知っていた。

司令室の外から声が聞こえた。おおきな足音がして、ハルト人の巨体がはいってくる。

その横にはブジョの新しい友である転送障害者の姿があった。ブジョは駆けよって挨拶し、ちいさくにゃあと声を出して、アラスカの肩に顔をこすりつけた。

「子供たち！」イホ・トロトが吠えた。「じつに興味深い、謎の多い種族だ。われわれ、もちろん公式に、見学してきた。記録はすでに通信センターにわたしてある」

時刻は真夜中前だった。夜空にはラルミアン銀河の星々が輝いているはず。ダコミオンとバイトゥインをつなぐ重力チューブのらせんが、ときおり空に直線を描いた。

「なにか確認できたことは？」司令室の夜間当直を務めるローダンが、シートを回転させてたずねた。

「いろいろなものを見たが、重要なものはなにもなかった」トロトの声が空気を震わせる。「橋や建物、羽毛のように浮かんでアリのように働く無数のヴァルベ人。われわれのホストは個人主義者だな。技術は信仰の対象になっている。信仰と奉仕が人生のすべてだ。その人生は一秒のこらず重力魔術師に捧げられている。いわば数十億の個人が、すべて同じことをしているのだ。すると、運動の方向がそろった原子のように、おおきな力が発揮される。これが観察の結果だ」

「質問にはすべて答えてくれました」シェーデレーアが補足する。コルヴェットの全乗員がトロトの大声で目をさまし、司令室に集まってきていた。

「〝ほとんど〟すべて、だ」ハルト人が訂正。

「ああ、たしかに。トロトのいうとおりです。バイトゥインでも重力信仰がすべての基礎になっています。あらたな発見はいくつもありましたが、すべてそうでした。ただ、〝重力喪失者の住居〟にだけは案内しようとしませんでした。手をつくしましたが、頑としてうけいれないんです」

「どういう施設なんですか？」猫男がたずねる。迫りくる危機に気づいているのはアラスカと自分だけだとわかっていた。

アラスカはくわしく説明した。

「巨大な重力ハッチのそばの建物です。ヴァルベ人にたずねると、一様に機嫌が悪くなるんです。もちろん、口調で判断するしかないわけですが、なにかかくしているようでして。いずれにせよ、われわれに関係のある設備ではありません。侵攻を警告しても、反応はおちついたものでした。

惑星管理者が異人と会談することになっていると答えるだけで。状況はこんなところです」

結局、ヴァルベ人がなにをかくしているのかはわからないままだ。

これだけ重力と関係が深い文化において、〝重力喪失〟はネガティヴな事象だろう。だが、その条件はどう定義されているのか？　そこになにが想像できるのか？　想像できたとして、それは正しいのか？

だれもが考えこんでいるところに、ハイパーカムの呼びだし音が鳴った。

二秒後、乗員たちがおちつくと、スピーカーから聞き慣れた声が響き、スクリーンに文字があらわれた。

「こちら《ソルセル＝1》のジョスカン・ヘルムート。バイトゥインの《キュベル》に送信している。

四十五分前、最後のフルクース艦と思われるものが通常空間に出現した。それ以後、ハイパー・エコーは確認されていない。こちらの計数で、敵艦艇は大小各種、合計一万百八隻を数えている。現在は通常空間を航行しつつ、一隊となって隊形をととのえている。

セネカの計算によると、艦隊は〝ヴァルベの巣〟に向かっている。侵攻状況に変化が生じたら、また連絡する。至急応答せよ。現在、中央本体はまだ惑星上にあり、アトランが最後の瞬間まで資材の搬入をつづけている。ＳＺ＝１とＳＺ＝２はワシトイル周回軌道上だ。ヘルムートより、以上」

ローダンが低くうめく。

「すこし状況がはっきりしたな。一万隻以上か！　それだけの大艦隊が相手では、逃げるしか手はない」

イホ・トロトがおおきな口を開け、燃えるような三つの目をローダンに向けた。

「わが子よ！」心配そうな大音声に、固定されていないものすべてが震動した。「ひとつ助言しよう。わたしの判断はこれまでも正しかったはず。ただちにスタートし、失踪している友たちを回収後、〝ヴァルベの巣〟をはなれるべきだ。最初の方針に固執《こしつ》するのは危険すぎる。助言を聞きいれてもらいたい！」

ローダンはトロトに視線を向け、真剣な表情で首を横に振った。

「バルディオクが〝ヴァルベの巣〟を奴隷化するのを見すごしにはできない。敵艦隊は小陛下を設置しようとするはず。ヴァルベ人に、われわれと力をあわせて奴隷使いの侵攻を撃退するチャンスをあたえなくてはならない。ここで逃げだしては、われわれの倫理観が問われるのだ、トロトス。それを理解してもらいたい。

うまくいくかどうかはわたしにもわからない。だが、これは決定だ」

ローダンは返事を待たずに立ちあがり、ハイパーカムの前でマイクをつかむと、応答の言葉を記録した。

「こちらは《キュベル》のローダンだ。警告に感謝する。われわれ、可能なかぎりここにとどまる。まもなくダコミオンで最高位のヴァルベ人と会見できるはずだから。フルクース艦隊が攻撃してきた場合は反撃する。《ソル》の再結合はアトランに判断をゆだねる。こちらは受信状態を維持する。ローダンより、以上」

マイクを切り、通信士に向きなおって、

「指向性通信になっているな？」と、確認。

「もちろんです」

翌朝にはローダンと代表団が惑星管理者たちと会談できると、いまや全員が信じていた。当直が交替し、バルトン・ウィトとラス・ツバイに連絡をとろうと努力したが、両ミュータントは姿を消したままで、応答はなかった。行方不明の《ソル》乗員は三グループいることになる。超能力者たちはサバイバル能力が高いのでさほど心配してはいないが、時間がたつほど不安が高まるのはたしかだった。

乗員の多くは休息にはいり、ブジョ・ブレイスコルもアラスカ・シェーデレーアとともに自分のキャビンに向かった。

「心配でたまらないんです」ブジョはそういって、うなるように息を吐いた。

「それは全員同じだ。ローダンも。われわれ、倫理的行動と利己的行動のあいだでジレンマに直面している。そんなとき、テラナーはたいてい倫理を優先する。過去にもそれでおおきな損害をうけたもの。だが、そうすればたとえ死んでも、いい気分で死ねるわけだ、ブジョ！」

最後のひと言は皮肉な口調だった。ふたりはブレイスコルのキャビンの前で足を止めた。瘦身のテラナーは若者の肩に軽く手を置いた。

「しっかり眠っておけ、ブジョ。きみが重力ハッチを通ってダコミオンに行き、ヴァルベ人を説得することになるなら、休息が必要だ」

ブジョは猫のように背を丸め、喉を鳴らし、キャビンにはいってハッチを閉めた。

同じころ、《キュベル》のハイパーカムが、ヘルムートの警告に対する応答を送信した。

7

バイトウイン　カオス状態

ラス・ツバイが目ざめると、苦痛は意識を失ったときと同じくらいひどかった。仰向けに地面に倒れ、手足を投げだした格好だ。頭が割れそうに痛み、心臓の鼓動にあわせて全身に液状の炎が送りだされている。テレポーターは懸命にまぶたを開いた。

「ここはどこだ?」つぶやいてみたが、なにもわからない。地面がたいらなのは感じられた。天井はきれいに整形された岩で、丸天井のようになっている。光は感じるが、光源はわからなかった。

屋外ではないようだ。

ジャンプしたとき、なにか決定的な間違いがあったにちがいない。ラスはブルーに輝く光を思いだした。あのあと、すさまじい苦痛に襲われて気を失ったのだ。慎重に右腕を曲げ、首を動かす。バルトン・ウィトはどこにいる?

ここはどこだ？

「くそ！」と、弱々しく悪態をつく。苦痛で目に涙が浮かんだ。あたりはしずかで暖かい。そよ風がからだの上を吹きすぎた。長く尾をひくうめき声と、荒い息づかいの音が聞こえた。

ラスは横向きになった。それで自分とバルトンが数メートルはなれて、天井の低いホールに倒れているとわかった。天井の窪みから間接照明の黄色い光がホール内を照らしている。ラスはゆっくりとバルトンに這いよった。上体を起こし、苦痛に耐えながら、コンビネーションの幅広のベルトにつけた金属容器を手探りする。バルトンもラスと同じように床に倒れていた。

ラスは蜂蜜色のちいさな注射器を二本、震える指で救急ボックスからとりだした。まずバルトンの頸筋に注射を打ち、自分にも同じことをする。鎮痛剤が全身に行きわたるのが感じられた。こんな事態ははじめてだ！

数分後、ラス・ツバイはよろめきながら立ちあがり、周囲を見まわしてつぶやいた。

「立て、でぶ。わたしにできたんだから、できるはず。なにかの建物のなからしい」

とにかく、呼吸は問題ない。ウィトは樽のような上体をマッサージしようとし、すぐにあきらめた。

「助かったよ！　ここはどこだろうな？」

ラスは救急ボックスを閉じ、乳白色のガラスの二枚扉のようなものに、よろめきながらゆっくりと近づいた。回復はひどく緩慢だ。ホールはさほどおおきくない。ウィトも足をひきずりながらついてきた。超能力に不具合が生じたのは確実だった。ツバイが肩で押すとおおきな扉の片方が動き、驚くべき光景がひろがった。

「こっちだ、バルトン！」と、ラス。

テレキネスは扉の先に押し進んだ。ラスが扉から手をはなす。扉が閉まると、反対側にはドアノブも開閉装置もないことがわかった。ウィトがミスに気づき、二枚の扉を順に押したが、どちらも開こうとはしなかった。

「罠だ！」ちいさくつぶやき、武器があることを思いだして腰に手を伸ばす。だが、ラス・ツバイはなんの反応もせず、返事もしなかった。ただ魅せられたように眼前の光景をじっと見つめている。バルトンはゆっくりと振りかえった。

ななめになった通廊の先、三メートルほど下方に円形のホールが見えた。数本の細い支柱が発光する低い天井を支えている。円周上にはアーチ門のような開口部がびっしりとならび、三百五十度をおおいつくしていた。両テラナーの出現が合図だったかのように、異様な外観の存在がウィトとツバイの右にあるアーチ門からよたよたとホール中央に歩みでた。ツバイは自分の目が信じられなかったが、印象を修正することは、もうできなかった。

その……存在は、絵心のない子供がヴァルベ人を描いたかのようだった。すべて間違っているが、想像力がそれを補って、かたちになっている。

「もとはヴァルベ人だったのか？」ウィトが驚いて息をあえがせる。反対側のアーチ門から、もっとずっと変形のひどい、大柄な個体が出現。直径一メートル以上にも膨張した重力嚢をうしろにひきずっているが、その色は毒々しいグリーンだった。甲高い声でちいさく笑いつづけている。

「ここは病院かなにからしい！」と、ツバイ。

さらに三体が、這ったり跳ねたりしてアーチ門からあらわれた。攻撃性はないようだ。ウィトの見たてどおり、そのあわれな異形の者たちは、もとはヴァルベ人だったように見えた。ふたりは下の円形ホールにつづく斜路の端にブーツの爪先をかけたまま、アーチ門から続々と出てくる者たちを無言で見つめつづけた。異形のヴァルベ人たちはあちこち動きまわり、会話をしたり、手足を曲げて身ぶりをしたりしているようだ。

〝病人〟のひとりが急に動きを止め、巨大な複眼の正面を異人ふたりに向けた。垂らしていた腕をあげ、あわれっぽい声で叫ぶ。

「〝ホルティジャアズ〟……〝ホルティジャアズ〟！」

トランスレーターが抗議するような音をたてた。翻訳できないのだ。ラスとバルトンは顔を見あわせた。頭の奥にはまだ痛みがのこっている。

「見たところ危険はなさそうだ」

ラスは身震いして、バルトンに向きなおった。

「危険はないだと？　〝ホルティジャアズ〟だぞ、友よ！　あのなかを無防備のまま歩きたくはないな」

「こい！」トランスレーターから叫び声が聞こえた。「見ろ。触れ。たがいに楽しめ！」

ふたりは恐怖につつまれた。まるで地獄だ。独房の扉がすべて開いたらしく、異形のヴァルベ人が二百人以上、カオス状態でひしめいている。

「テレポーテーションできないか？」バルトンがたずねた。

ラスは首を横に振った。状態はよくわかっていて、ためしてみるまでもない。重力ショックから回復するのを待つしかなかった。数時間から、数日はかかるはず。

「では、リスクを冒すかどうかだが」

バルトンは救急ボックスから鎮痛剤を二錠とりだし、服用した。ツバイにもさしだしたが、テレポーターはふたたび、首を横に振った。その目がおおきく、暗くなっている。異形の者たちに強い同情をおぼえているのだ。肉体の変容はあまりにも多様だった。

伝説のシャム双生児のようにからだがつながったヴァルベ人が、四本の脚とふたつの手で斜面を這いあがり、人なつっこく手を振った。ふたつの重力嚢はむらさきの縞模様のチューブ状になり、頭部のつけ根から鼻面に巻きついていた。それがいらだったヘビのように脈動している。クモを思わせる指の長すぎる手が、懇願するような動きをくりかえした。ふたつの頭にある曇った三つの複眼は、ふたりのほうを向いていた。

「異人だな」右側のヴァルベ人が叫んだ。

「武器から手をはなして、しずかに降りてくるといい」と、もうひとり。「害意はだれにもないから」

ラスは唾を飲みこんだ。背中に岩がのしかかっているような足どりで前に進み、たずねる。

「きみたちはヴァルベ人か？　この惑星の住人なのか？」

「そうだ。ここにいるのは重力障害者だ」

バルトン・ウィトもおずおずとあとにつづいた。円形ホールにはいると、障害を負ったヴァルベ人にかこまれた。ダーク・グレイのゴム状の皮膚をした者はごくわずかだ。

かれらの皮膚はしわやいぼや鱗状のものにおおわれ、大小さまざまな斑点が、単色から虹色まで、無数の色に輝いていた。ただ、ひとつだけ共通点がある。

全員、重力嚢が、なんだかわからないくらいに変形していた。

「理解できない。重力障害者？　なんだ、それは？」ウィットがたずねた。身の危険もしつこい頭痛もすっかり忘れているようだ。いつにない感情に支配されている。それは見捨てられたヴァルベ人に対する同情と不快感、拒絶と理解のいりまじった感情だった。

「重力ハッチから出たらこうなっていた。はいったときはふつうのヴァルベ人で、重力魔術師を信じていたのに。それまではなんでもできた。浮かぶことも」

「いまはもう、なにもできない」

「重力の美を愛でることも……」

「華麗なパターンを楽しむことも！」

「〝モルドンク〟なシンコペーションも、もうない！」

「美しい夜空のうつろいも読めない！」

「医師や看護人たちの助力でどうにか生きているだけだ。われわれ、重力的に〝盲目〟になってしまった」

「調和した線も、もうわからない！」

「われわれ、〝非モルドンク〟なのだ！」

トランスレーターは周囲にあふれる悲嘆の叫びを忠実に翻訳した。上下の球体がヴァルベ人の黄色い骸骨のように見える女性が、群衆のなかから進みでた。衣服を変形したからだにあわせて裁断し、まるで恐怖映画のエキストラのようだ。ラスはヒエロニムス・ボッシュの絵画を連想した。

その骸骨じみたヴァルベ人はひらひらした巨大な重力嚢をケープのようになびかせ、十一本指の片手を伸ばして、三本のおや指をバルトンの顔の前につきだした。

「ここにいるのがヴァルベ人だけだと思うの？　とんでもない。死体みたいに放置されたこの病院は、〝重力喪失者の住居〟と呼ばれているのよ！」

興奮した叫びが骸骨じみたヴァルベ人の説明をさえぎった。まるで獣の咆哮だ。

「看護人だ！　また、狩り集めにきたぞ！」

あの双生児のヴァルベ人が不可解な興奮に重力嚢をしぼませて、バルトンのコンビネーションの袖をつかんだ。

「外の世界とはまったく連絡がない……だれかがやってくることなどなかったからな、ひひひ。こい。ジムにかくれるといい。あそこなら、だれかがネットから落ちて全身の骨でも折らないかぎり、看護人がくることはないから」

バルトンとラスは三十人ほどのヴァルベ人に運ばれていった。行列は三つか四つならぶ出口の前を通過し、笑ったりわめいたりしながら裸足の足音を響かせ、グリーンの明かりに照らされた曲がりくねった通廊をくだっていった。床と壁をおおうクッションは、クレーター状の谷に生えている草に似ていた。

バルトン・ウィトが頭をかかえて叫んだ。

「急いでここから出なくては！」

「伝染はしないさ、相棒」ツバイが震え声で応じる。「ひとつ知りたいことができた！」

「というと？」

「ヴァルベ双生児が最後にいったことを思いだしてみろ」

そこまで話したとき障壁がスライドし、べつの区画が目の前にひろがった。考えたこともないほど不思議な、目新しい光景だった。

昼間の空と夜空がひろがり、雲が流れる、たぶん精巧な人工の光景だ。泡状の物質が盛りあがっていくつもの山をつくり、環のついたザイルがさまざまな高さと強さで天井からはりめぐらされている。もちろん天井は映像でかくされていた。床はやはり柔らかい素材で、石や岩を模している。重力障害者たちは思い思いの方向に散っていった。ここで失った感覚の代替物を得ているのだろう。その感覚は憧れ、宗教、生きる目的、存在するための霊薬だったはず。ここでは自由に宙に浮かぶ幻想を得るために、ザイルにつかまり、カーブやループや8の字を描き、雲のあいだをぬけて空を飛ぶ。岩に登り、下にネットをはってある空中に飛びだし、おおきさのさまざまな網の目を次々とくぐりぬけて、最後には藪や、池や、苔や草を模した床に降りたつ。

しばらくしてラス・ツバイがいった。

「不安になるな。ローダンは数人の仲間と重力ハッチをくぐるつもりだ。安全だといっていたが」

「セネカも同じ意見だった」バルトンが不安そうにいい、〝ジム〟のクッションいりの壁によりかかった。

「セネカもローダンもこの情報は知らないはずだ」

「たしかに。ローダンに警告しないと、おしまいだぞ」

ラスは片腕をあげ、相棒を制した。

「まだ最後の情報が手にはいっていない」

「最後の情報？」

「ヴァルベ双生児が上からもどるまで待つんだ。四次元のメリーゴーラウンドみたいなことをして遊んでいるから」

この地獄のような場所で、ヴァルベ人が仕組んだ惨劇がふたりの宙航士を待ちうけていた。

8

三五八三年十一月十九日　〝最後の巣〟惑星ワシトイル

アトランはあくびをし、こめかみを揉み、うなじにかかった長いシルバーホワイトの髪を撫でつけた。ざらついた声で、

「コーヒーをくれ。それと、火酒も」と、つぶやく。

デイトンが口のなかでなにかいい、飲料自動供給装置に向かう。そこは論理センターの一ステーションだった。資材の積載量を艦載ポジトロニクスに登録する機能しかないが、部品を最小単位まで管理できる。とはいえ、画面上に表示されているのは二列にならんだ数字だけだった。数字はヴァルベ人から調達した資材と原材料の数量をしめしている。積載作業はヒステリックなほど急きたてられていた。

時間切れだ。

アトランはカップとグラスを手にしたまま、メントロ・コスムに向きなおった。

「ジョスカン・ヘルムートはなんといっている？　黒い艦隊はもう動きだしたか？」

コスムは首を横に振った。顔にはちいさく笑みが浮かんでいる。この切迫した状況にも、動揺はないらしかった。アトランは熱いブラック・コーヒーを飲んだ。

「最新の連絡は七分前で、艦隊は隊形をととのえているものの、まだ完了はしていないそうです。フルクースは待機中ということでしょう」

アトランは、今度はアルコールのグラスに口をつけた。早くも気分がよくなってくる。

「船を結合して警報にそなえておけば、最初の一隻が〝ヴァルベの巣〟に向かいはじめたとき、即座に反応できる。当然、ただちにバイトゥインに向かい、ペリーを回収することになるだろう」

クロノメーターに目をやり、コーヒーを飲んで、フルクース艦隊の位置を確認するたびに中断されつつ数時間前からつづく、内心の葛藤にけりをつける。

「半時間後にスタートする。それまでに緊急スタートの必要が生じなければだが。ガルブレイスは艦内連絡をたのむ。ヴァルベ人は外に出せ。さもないと美しい重力パターンを感じられなくなって、死んでしまうから」

「了解。二十分ほどシートで楽にしていてください」デイトンはそういうと、最後にちらりと画面の数字に目をやった。数字は異なる速度で変化している。量がまったく違うのだ。いちばん動きが速いのは水の搭載量だった。いまにも底をつくという状態は脱したようだ。

アトランは空のカップを置き、憤然と答えた。

「楽にしていろ？　カフェインを摂取したところなのに？　現実を見るんだ、友よ」

デイトンは不自然な笑い声をあげ、ステーションをあとにした。数秒後、正確なスタート時刻が艦内に告知される。その声は巨大な外部スピーカーでも流された。これで全員が予定を知ったはず。資材の積みこみ速度がさらにあがった。

乗員たちが計画どおりに帰艦する。

コスムが司令室でスタート準備を終えると、全員乗艦を告げる最終連絡が響いた。搬送ベルトがひっこみ、ハッチが閉じ、ロボットが部品を固定し、人員が帰艦する。ポンプが停止し、搬送フィールドが消え、フィルター・パッドは高圧洗浄された。艦は徐々に難攻不落の要塞にもどっていく。資材の補給はまだ完全ではないが、最悪の状態は脱していた。

三十一分後、中央本体は空に向かって上昇し、軌道上で両球型艦と結合した。

アトランは途中まで指示を出し、あとは自分のキャビンにもどって待機した。

フルクースはまだ、なんらかの合図を待っているようだ。

《ソル》がいわば逃走態勢にはいったという情報は、結合後、ただちにコルヴェットに伝えられた。情報を受領したのはイホ・トロトだった。

9

バイトウイン　重力喪失者の住居

重力障害者たちはここでしか運動の機会がないようだった。バルトンにもラスにも、この〝ジム〟が失われた能力のあわれな代用品を提供しているにすぎないことはわかっていた。

やってみるべきことはのこっている。バルトンはラスに向きなおった。

「テレポーテーションをためしてみないか？　ペリーに警告しないと！」

ツバイは目を閉じて意識を集中したが、成功しなかった。

「だめだ！　脱出口を見つけなくては。徒歩でぬけだせる道を」

ツバイは腕を曲げ、ミニカムのスイッチをいれて調整し、通信装置を口に近づけた。

「《キュベル》、応答せよ。こちらツバイ！　応答してくれ……」

そうしながら、おおきな目でバルトン・ウィトの顔を見る。スピーカーから聞こえてくるのはノイズばかりだ。

ラスは三度、コルヴェットに連絡を試みた。うまくいかない。ミニカムを切り、「すでにスタートしたとは思えない。ここが山の内部すぎるか、防御バリアのようなものがあるかだろう」と、考察。

重力障害者たちはザイルを使って飛びまわりつづけている。活発ですばやいが、その動きは油の切れたロボットを思わせた。悲しい話だ。ひとり、ふたりと、この無意味な運動をやめ、〝ジム〟の床におりてくる者があらわれた。最後に肉体が融合したふたりが跳びおりてきて、ラスとバルトンの前で停止した。

バルトンはトランスレーターをいれ、音量をあげた。

「見ていただろう？」と、左の頭が甲高い声でいった。「無意味なことだ。ザイルにつかまって飛びまわっても、なんにもならない。ほんとうはどんなふうだったか、もうよくおぼえていない。こういうことができたのをおぼえているだけで」

ラスは気をおちつけてたずねた。

「われわれ、この惑星では異人だ。どうしてこんな状況になったのか教えてもらえないか？」

ふたつの頭は交互に話をした。そういう話し方を練習しているようだ。ふたりは自分たちが負った障害のことを進んで話した。

「われわれ、重力ハッチをいっしょにくぐったのだ。準備がたりなかったか、なにかがまずかったのだろう。とにかく、出現したのはここだった。ダコミオンから伸びる重力チューブのどんづまりだ。才能豊かな技術者だったふたりが、こうなってしまった」

「精神に異常はなかったのか？」

「なかった。でも、ここでなにをすればいい？　生活に必要な品物はそろっている。外に出ていくつもりはない。武器や浮遊プラットフォームがある場所はわかっているが。外に出ても重力パターンは認識できない。われわれの重力嚢は破壊され、美と真実を感知する能力は失われてしまった」

「精神に異常をきたした者もいるようだが？」

ヴァルベ双生児は一連の曖昧な身ぶりをしたが、意味はわからなかった。

「ああ、たくさんいる。肉体に異変はないが、脳を破壊されているんだ。でも、それはヴァルベ人ばかりじゃない」

「なんだって？」バルトンが叫んだ。疲れた障害者たちが数人、足をひきずって近づいてくる。体表にはちいさなクリスタルのような汗が光っていた。

「ああ、ラルミアン銀河のほかの惑星からきた者たちも、重力ハッチを使った結果、ここに送られることがある。そこの岩陰にいる老人がわかるか？」

　バルトンとラスは双生児のいうほうに目を向け、泡状の岩陰にうずくまった昆虫のような生命体にようやく気づいた。長くて透明な、コウモリのような翼がある。

「頭部が鋭角で、目かくしをしてるみたいなやつか？」バルトンがぞっとしたようにたずねた。

「そうだ。宙航士だよ。この銀河の反対側からきた斥候で、われわれに接触してきた。だからいつものようにダコミオンに招待した。故郷惑星にある、浮かぶ共同体に。あいつは笑ってハッチにはいり……どうなったと思う？　見てのとおりだ。心を破壊され、自分がどこからきたのかもわからない」

「われわれも異人だぞ！」

「そのとおりだ。バイトゥインとダコミオンのあいだを何度も往復して、なにごともなかった異人もたくさんいる」

「バルトン」ラスはパニックを起こしかけていた。「ローダンたちがどうなるか、よく検討しなくては。なにもないかもしれないが、精神を破壊される危険もあるんだ」

「いずれにせよ、大至急警告しないと！」と、ウィト。

「テレカムは使えず、テレポーテーションもまだできず、外に出る方法もわからない」

ツバイは考えを声に出した。「外に出なくてはならない。出口はあるか？」

目の前の異形のヴァルベ人を見ながら、考えこむ。ローダンと三人の随行者に危険があるのはたしかだ。すぐにも《キュベル》にもどらなくてはならない。

「出口ならある。施設内を通っていく、長い道のりだが。多数の重力喪失者を収容する巨大施設だからな」と、ヴァルベ双生児。

「だったら、どうか案内してもらいたい」

「わかった」重力障害者が答えた。からだが震え、ヘビのような重力嚢がぴくりと動く。重力チューブを使ったため、無惨なまでに変形してしまったのだ。同様の脅威が、ペリーをはじめとする代表団に迫っている。ヴァルベ双生児は二本の腕を振り、先に立って歩きだした。通廊に出て、円形ホールにもどる。そこまではだれにも出会わなかったが、円形ホールを通過し、巨大な壁のようなものの前までくると、ヴァルベ双生児がいった。

「この先だ、友よ。また、だれかの役にたてるとは考えもしなかった」

「感謝する」バルトン・ウィトがいった。身長百五十センチメートルにも満たない異形のヴァルベ双生児は、明らかに勇敢、公正にふるまおうとしていた。

重力障害者が開閉パッドを押す。壁の一部が上に開いた。かすかな匂いと、ごくちいさな物音、さらに複数の声も聞こえるようだ。ふたりは案内人のあとから足を進めた。

背後で壁の開口部が閉じた。

「ここはどこだ?」バルトンがたずねた。

「重症者の収容区画だ。医師や看護人に見つからないようにしろ」

両ミュータントは無言で視線をかわし、バルトンがかぶりを振った。顔が青ざめ、額には汗が浮かんでいた。適度な歩調でヴァルベ人のあとにしたがう。

丈高い草を編んだようなクッションにおおわれた通廊がつづいた。両側におおきな、高さ二メートルほどの開口部がならんでいる。最初の開口部の前を通るとき、ふたりは右下方に見えるスペースをのぞき、あらたなショックをうけて息をのんだ。まるでなにかの戯画のようだ。そこには十数個のガラスの箱がならべられ、積みあげられていた。それぞれに一体ずつ、さまざまに変形したヴァルベ人がはいっている。それとも異人だろうか? 吠えたり叫んだりしている存在は、バルトンにもラスにも、ヴァルベ人なのかそうでないのかの見当がつかない……

伸縮テープでクッションに固定されている箱もあった。手足がねじれたり、肉体が変形したり、重力嚢が膨張したりしぼんだりした者たちが、透明な壁ごしに見つめあっている。

「進むんだ! 発見されたら面倒なことになるぞ!」

両ミュータントは足を進めながら、〝ヴァルベの巣〟のどこかに着陸し、ヴァルベ人にいわれて重力ハッチをくぐった、なにも知らない異人たちの運命を思った。

肉体は変容し、精神や能力を失ってしまうのだ。二十歩進むと、反対側にまた開口部があった。両ミュータントはまたなかをのぞいたが、急いで頭をひっこめた。白い浮遊ボードの上に数体の犠牲者がならべられ、黄色い作業衣の医師や看護人たちがそのまわりをかこんでいたのだ。

案内人が小声で説明した。

「最後は全員がああなる。永遠の重力搬送路に乗って、涅槃にいたるんだ」

重力嚢のなれの果ては切除されてはいなかった。ラスは身震いし、足を進めた。超能力はまだ回復しない。

大股で二百歩ほど前進。

通廊ぞいにならんだ十二の部屋は、奥にいくほど凄惨なようすだった。最初はいちいち足を止めていたツバイとウィトも、最後には急いで前をとおりすぎるようになった。犠牲者の姿はちらりと見えるだけだが、わずかに知られる人類の転送障害者にくらべ、その状態はずっと深刻そうだった。

通廊が急角度で曲がり、分岐した。案内人は左に進んだ。

「こっちへ！　こっちが安全な道だ！」

　ふたりはそれにしたがった。選択の余地はない。犠牲者のうめきや叫びが背後に遠ざかった。四百人はいただろう。前方にゲートが見えてきた。

　この地獄の、次の区画にうつる。

　最初に感じたのは音だった。褐色がかった光が満ちている。そこはおおきな広間で、床と壁はやはりクッションにおおわれていた。肉体のコントロールを失ったヴァルベ人が跳んだり跳ねたりしても、重傷を負わないようにという配慮だ。そこにいるのはこれまでに見た以上にひどい障害を負った者たちだった。深刻な重力障害者たちがわめきながらあたりを這いまわっている。ウィトとツバイは目がくらんだように、入口のそばで足を止めた。案内人が数歩進んで振りかえる。

　大声で叫ばないと話ができなかった。

「恐がる必要はない。ここにいるのは宙航士で……」

「異人なのか？」バルトンが大声でたずね返す。

「そうだ。ヴァルベ人ではない」

　ふたりはゆっくりと恐怖の広間を進んでいった。百名以上の重力喪失者がいるだろう。肉体の変化がない、精神だけを破壊された者たちなのかどうか、テラナーには判別できなかった。そのあいだを慎重に進んでいく。触手が脛《すね》にからみつき、手にひっぱられ、さまざまな声が叫びかけてきた。トランスレーターが抗議するような音をたてる。ポジトロニクスが存在すら知らない、異星の言語なのだ。

「保護設備が貧弱すぎる！」ツバイは叫びながら、腰にかかった笞《むち》のような腕をほどき、異人をそっと押しやった。

「これ以上のことはできないのだ！」と、ヴァルベ双生児。

「なぜできない？」

二体の異人が近づいてきた。ヴァルベ双生児には目もくれない。深海のタコのような外観で、すくなくとも二十本はある触手を腕と脚のように使っている。風船状の胴体に、先細りのらせん型の視覚器官がついていた。

格子状の振動膜が開き、甲高い声が響いた。そこは広間をなかば横切ったあたりだった。

「きみは宙航士のようだな！」異人の片方が完璧なインターコスモでいった。

ラス・ツバイは驚いて足を止めた。異人の触手が胸に触れてくる。

「わたしは……宙航士だ」かろうじて声を押しだす。「だが……どうしてここに？」

バルトン・ウィトがやはり重力障害者の群れにかこまれて、ゆっくりと近づいてきた。

タコ型の異人がツバイの前で停止。ラスは完全に困惑していた。インターコスモを話す異人の宙航士が、どうしてここにいるのか？　謎は深まるばかりだ。広間の弱い照明で二体を見て、ヒントを探そうとする。

「もうおぼえていない」タコ型の異人の片方がわかりやすいインターコスモで答え、細い触手をゆっくりと振った。

「インターコスモは……この銀河でも使われているのか？」ラスはそうたずねてから、案内人にすこし待つよう合図した。あらたなドラマが展開しているのだ。

「わからない！」と、もう一方の異人が答える。

「ここには宇宙船できたのだろう？」口にした瞬間、ばかなことをいったと思った。

「もうわからないのだ」

バルトン・ウィトがようやくラスのところに到達し、驚いた顔でタコ型の異人を見た。

「どうした、ラス？」

ツバイは状況を説明。そのまわりに厚い人垣ができた。三十人以上の重力障害者が集まり、興奮して叫び声をあげ、輪をせばめてくる。ウィトは腕をつっぱり、あわれむように触手を動かしているタコ型の異人に向かって大声をあげた。

「その話は信じられない。なにひとつおぼえていないというのか？」

振動膜から甲高い大声が響いた。

「記憶がないのだ。おおきなもののなかにはいり、すべてがとまった。それ以来、ずっとここにいる」

ヴァルベ双生児がいきなり両腕をあげ、ウィトとツバイの注意をひいた。

「医師がくる！　急げ。だれも助けることはできない。その異人も同じだ。ほかにもたくさんいるのだから！」

「わかっている。ただ……なんという惑星だ！」

瞬時に決断する必要があった。バルトンはラスのあとを追いながら、どんな試みも見当はずれなのだと悟った。ふたりは異人であり、なんの力も持たない。しかも追われている身だ。双生児がふたりと群衆のあいだに割ってはいると、重力障害者たちはしぶしぶはなれていった。超能力が使えず、どこにいるのかもわからない状態で、インターコスモが話されている宙域から行方不明になった二体の宙航士と出会ったのはおおきな衝撃だった。ふたりは急いで重力障害者たちのあいだを駆けぬけ、案内人のあとを追った。

＊

夜の三分の二がすぎたころ、チェトヴォナンクは目ざめ、伴侶にそっと上がけをかけてやった。起きあがり、ゆっくりと住居の外に出る。しばらくはしずかに星空の重力パターンを愛で、そのあとふたつの軽石の山に向きなおった。

ふたりはその夜も、昼の仕事のあと軽石をいくつか採集した。

異人はバイトゥインに不安をもたらした。重力水準器は危険なほどの不調和を検出しただろう。だが、なにをすればいいのかは重力魔術師が知っている。

チェトヴォナンクは、いま起きている問題が自分の倫理観の限界を超えそうになっていると感じた。巨大な船の異人たちに罠が準備され、それがまもなく発動することはわかっている。だが、それは異人を殺したり無力化したりするのではなく、むしろ異人のためになることのように思えた。重力魔術師はそうすることで、異人が〝ヴァルベの巣〟に滞在するあいだ、ヴァルベ人が感じるのと同じ、満足で美しい人生を体験させようとしているのではないか。

夜空にはくりかえし新重力チューブを試験する輝きが見えた。星々のあいだに、奇蹟のように調和のとれた光が閃く。

屋内にもどると、シャアジャメンスも目をさましていた。

「眠れないの、チェト？」

チェトヴォナンクは寝台の端に腰をおろし、伴侶をそっと愛撫した。

「目がさめてしまった。異人と自分のことを考えていたんだ。かれらもきっと、きみがバイトゥインで案内したわれわれの施設を見て、理解するにちがいない」

シャアジャメンスは起きあがり、男の肩をひきよせた。重力嚢と重力嚢が触れあう。

「そう、きっと理解するはずだ。だが、ぜんぶはわからないだろう。指導者は仲間を心配して、不安でいっぱいだったようだし」

「そうね。重力魔術師が手を貸せば、問題はすべて解決するでしょうけど。あなたはすばらしい仕事をしているわ！」

チェトヴォナンクは同意するように上体を動かした。

「あと数日で準備ができる。新プラットフォームからの射出はまだ先だろうが」

「わたしはあした、朝が早いの。秘書アルゴメンスに呼ばれているから。外に浮遊プラットフォームがあるのを見た？」

チェトヴォナンクの鼻孔がおおきくなった。かぐわしい夜気を吸いこみ、上がけの下に滑りこんで、伴侶のそばに横になる。

「きみが異人にメッセージを伝えることになると思っていた」声が眠そうになる。橋と道路の設計の仕事にもどるには、まだすこしかかりそうだ。肉体の疲労をおぼえる。

「重要なメッセージになるわ」と、シャアジャメンス。「わたしの仕事は、異人たち一行が重力ハッチでダコミオンに行っても、たぶんまだ終わらないはずよ」

シャアジャメンスも疲れていた。だが、仕事はすべてかたづけなくてはならない。いましかできないことなのだ。真の調和を知らない異人があらわれたのは久しぶりだった。ヴァルベ人は全員、自分たちの仕事の重要性を理解している。巨大な調和のモザイクの一部に貢献するのを一瞬たりとも躊躇《ちゅうちょ》する者は、ひとりもいないだろう。重力魔術師の指示がなくても、すべてはなるようになる。

「アルゴメンスが手を貸してくれるというのはたしかなのか？」チェトヴォナンクは眠りと夢に落ちる前にたずねた。美しいシャアジャメンスが眠そうに答える。

「わたしを〝歓喜のいけにえ〟に推薦すると約束してくれたの。そうしたら、あなたを共同作業者に指名するわ！」

ふたりは満足して眠りに落ちた。星々の動きが夜明けを予告する。空が明るくなるとともに、重力チューブを試験する光は徐々に見えにくくなっていった。星々がすこしずつ消えはじめる。道路建造主任と重力チューブ管理責任者は、眠りこんだときと同じように、満足して目をさました。ふたりの自宅である居住泡は揺れる茎の先の、開花前の花のようだった。

すぐに呼びだし音が鳴った。シャアジャメンスは待っていた命令を受領し、ただちにスタートした。

＊

ウィル・ゼトロヴのやる気はかぎりなくゼロに近かった。

エアロック内の折りたたみ椅子にすわってあくびをする。背後には戦闘ロボットが一体、レンズを光らせて浮遊していた。艇のメモリからしずかな音楽が流れ、円形のひろい空間を満たす。警備兵の膝には安全装置をかけた熱線カービン銃が置かれていた。

「ばかげた惑星だ！」ゼトロヴはつぶやいた。疲れていて、思いはついフルクース艦隊の動向にもどってしまう。心配なのは《キュベル》のこと、《ソル》のこと、この理解不能な星系から立ち去る可能性のことだった。だが、ローダンの決意はかたく、重力チューブの反対側にあるダコミオンで惑星管理者たちと会談することを熱烈に望んでいる。

乗員は眠っていた。ツバイとウィトはいないが、ほかは当直の二名をのぞき、全員がキャビンで休んでいる。当直以外にも各種のマシン十二機が歩哨に立っているから、艇内は安全だ。

反重力シャフトの前のインターカムが鳴り、ゼトロヴは立ちあがって応答キイを押した。

「はい?」

司令室のスクリーンで探知機の表示を見つめている男も、ウィルと同じように眠そうだった。

「重力もち竿を装備したかなり大型の飛翔体が接近している。確認してくれないか」

「了解。ヴァルベ人かな?」

「ここからではよくわからない。トランスレーターを忘れるなよ」

「わかっている」

ゼトロヴはゆっくりとエアロックを出て斜路をくだり、ドックの宇宙港の白い地表に降りた。エンジン・ノズルの下に近づく。驚いたことに、船内時間ではすでに午前五時だった。バイトゥインのその地域で、ちょうど日の出の時刻にあたる。なにかが起きようとしているらしい。接近してくる重力グライダーを見ると、不安がおおきくなった。ヴァルベ人の宇宙船にそっくりだ。グライダーは音もなく、まっすぐに《キュベル》に向かっていた。

乗っているのはヴァルベ人ひとりだとわかった。警備兵は銃の安全装置を確認し、背中にまわした。

グライダーは二十メートルはなれた場所に着陸した。側面が開き、ヴァルベ人の女性が降りてくる。服装と色彩から、それがローダンを案内してまわった若い女性だとわかった。ゼトロヴの前で足を止め、片手をあげて挨拶し、なにかいう。トランスレーターがそれを翻訳した。

「わたしを知っていますね。責任者シャアジャメンスです。あなたがたの指導者、ローダンと呼ばれる人間に話があります」

ゼトロヴは疑わしげに、巨大な複眼を持つ華奢なヴァルベ人を見つめた。トンボの目のような複眼が、自分たちとは隔絶した存在だという印象を強めている。

「ローダンはまだ眠っています」そう答え、笑みを浮かべる。

「時がきたのです！」と、ヴァルベ人。「故郷惑星の惑星管理者たちからの、メッセージをとどけなくてはなりません」

自分がなにに驚いたのかゼトロヴはよくわからなかった。そのメッセージをうけとれば、ローダンはダコミオンにおもむき、《キュベル》とも《ソル》とも連絡がつかなくなるにちがいない。

「わかりました。乗ってください。ローダンを起こします」

「それがいいでしょう」

ならんで斜路を登り、エアロックにはいる。戦闘服姿で肩幅のひろい大柄なテラナーと、華やかな色あいのひらひらした服を身につけた優雅なヴァルベ人がいっしょに歩いていく。ゼトロヴはエアロック内でしばらく待つようヴァルベ人にいい、インターカムで司令室に事情を伝えた。

「司令室に連れてきてくれ。わたしはローダンとシェーデレーアを起こしてくる」

「コーヒーを飲むくらいの時間はありそうだ」ゼトロヴはつぶやき、ヴァルベ人を手招きした。

反重力シャフトでの上昇は、ヴァルベ人に極度の不安をもたらした。司令室のかたい床の上に立って、やっと震えがおさまったほどだ。ゼトロヴはヴァルベ人にシートを勧め、飲料自動供給装置からコーヒーを注ぎ、デスクによりかかってローダンを待った。

ローダンはすぐに司令室にあらわれた。もうひとりの当直と、転送障害者アラスカ・シェーデレーアがあとにつづく。アラスカがまず口を開いた。

「ラスとウィトから連絡はないか？」

「ありません。さまざまな周波数でひと晩じゅう何度も呼びかけましたが、応答はありませんでした」

「くそ、心配させてくれる」アラスカはそういって、トランスレーターの翻訳に耳をかたむけた。

「ダゴミオンの十一人の惑星管理者からメッセージをことづかっています。専門家三名を同行し、重力ハッチから重力チューブを通って、われわれの故郷惑星においでください。浮遊都市でご挨拶し、全案件を話しあう用意があります。時期が好都合で、〝モルドンク〟な機会と考えます」

ローダンの同行者はすでに決まっていた。シェーデレーア、ラングル、ブレイスコルである。ローダンはただちにこう答えた。

「すでに数回、警告したはず。だが、もう一度くりかえそう。一万百八隻のフルクース艦が集結し、〝ヴァルベの巣〟の惑星に侵攻しようとしている」

「その事実は重力魔術師も、惑星管理者たちも承知しています。侵攻が目前に迫っているため、政府としても会談が緊急に必要と判断したのです。それ以外に対処方法を策定することはできないと」

アラスカは無言だったが、強い疑念を示唆《しさ》する視線をローダンに送った。ローダンは寒気でも感じたかのように肩をすくめた。胸にさげた女帝のクリスタルの上に、無意識に手を置いている。

「こちらの準備はほぼできている。ブジョとラングルもすぐにくるはず」

「念のためですが」と、司令室の当直が声をあげた。「二時間前、ジョスカン・ヘルムートと連絡をとりました。《ソル》は警戒態勢を維持したまま、ワシトイルの軌道上に待機しています。

敵艦隊に動きはありません。理由はわかりませんが、フルクースは攻撃をひかえています。なにかを待っているようです。当然、わずかな変化でも報告があるはずです」

「その件はあとのほうがよかったな」と、ローダン。「ごくろう」

「われわれのリスクはちいさくありません、ペリー」アラスカが指摘した。「会談がきなくさくなった場合、だれがダコミオンから連れだしてくれるんです？」

ペリーは通信装置を指さした。

「テレカムを持っていく。《ソル》がすぐに駆けつけてくれるさ。ヘルムートには、必要ならビーム放射器を使えといってあるな？」

「もちろん」

ヴァルベ人が片腕をあげ、口をはさんだ。

「あなたと友三人を重力ハッチに案内するよう命令をうけています、ローダン」

「半時間後に」ペリーは答えた。「急いで準備するぞ、アラスカ」

ローダンと同行者三名は必要な装備をととのえ、ヴァルベ人の案内人とともに、七時前には艇をスタートした。グライダーは砂漠を越え、街路にそって進み、わずかに隆起した山地の斜面にかかった。風船のような三つの重力嚢が屹立する、巨大なヴァルベ人の頭部を模した建物のそばに着陸。まだ朝早いのに、ヴァルベ人が長い行列をつくって、開いた口のなかにはいる順番を待っていた。

10

三五八三年十一月二十日　バイトゥイン　逃走

ヴァルベ双生児が急に速度をあげた。右からも左からも警報が聞こえ、閃光が通廊を照らして、わめきながら宙航士たちを追いかける異形の者たちを浮かびあがらせた。

「気をつけろ！」案内人が叫んだ。楽しんでいるようだ。どうせ失うものはなにもない。ヴァルベ双生児がこの迷宮にとどまっているのは、外に出てもどうにもならないからだ。

「なにか打つ手はないのか？」ラス・ツバイが息を切らしてバルトン・ウィトのうしろを走りながらたずねた。

「可能なら、テレポーテーションだ！」バルトンが答える。通廊がいきなりひろくなった。両ミュータントは現状を漠然と把握した。ローダンに警告するのは、たぶんもう手遅れだ。ラスは短いテレポーテーションを試みたが、意識を充分に集中できなかった。目標を定めても、あらたな苦痛に襲われ、挫折してしまう。

「だめだ。このままなんとかするしかない」

前方の明るさが変化した。通廊はシリンダー状の高い建物につづいている。警報音がちいさくなり、閃光もずっと遠のいた。さらに十数歩進んで、足を止める。案内人が立ちどまったからだ。

「わたしはこの階層から出られない」ヴァルベ双生児がいった。

「われわれは？　出口はどこだ？」ラスが大声でたずねた。シリンダー状の建物には、何層にもなった斜路やテラスが見える。反対側にはジグザグに上に伸びる階段もあった。屋上は半分だけを屋根でおおった吹きぬけで、透明な屋根ごしにぼやけた朝の空の色が見えた。

「まっすぐ進んだところの階段だ。山の下をぬける通廊につづいている。その先の建物まで行けば、もうドックはすぐそこだ」

「あんたはどうする？」と、バルトン。周囲を見まわすと、べつの階層から重力障害者たちがこちらを見ていた。吹きぬけの半天井までは五十メートルくらいだろう。

「ここにのこる。走れ。道を教えられてよかった」

バルトンとラスは顔を見あわせた。ヴァルベ人は建物の階段を指さした。屋上の開口部から射しこむ光が強くなり、あたりが徐々に明るくなっていく。地表まではテレポーテーション一回で到達できる距離だ。

「感謝する、友よ！」ラスが叫び、バルトン・ウィトの腕をとった。まっすぐにホールの床をつっきり、階段の最下段に足をかける。それを見ていたヴァルベ人たちのあいだから、意味のわからない声があがった。両テラナーはヴァルベ人の体格にあわせてつくられた階段を駆けあがっていく。重力障害者たちは熱心に声援を送った……すくなくとも、ふたりはそれを声援と解釈した。

「まだジャンプできないのか、ラス？」バルトンがテレポーターとならんで階段を駆けあがりながらたずねた。

「まだだ。ためしてはみるが」と、ツバイ。踊り場を三つ通過し、下にはすくなくとも二十人のヴァルベ人が姿を見せている。医師なのか看護人なのか、テラナーにはわからないが、武装している者も数人いた。散開して、だれかを探しているようだ。いまのところ、ふたりはまだ発見されていない。

「急げ！」

ひとつ上の階層に出た。左右にヴァルベ人が集まってくるが、いずれも肉体が変容した者たちだ。ふたりはできるだけ早くこの〝施設〟の最上階に到達しようとした。ときどき下を見て、案内人が看護人にとりかこまれ、拘束されるようすに目を向ける。案内人はかつぎあげられ、連れ去られても、なんの抵抗もしなかった。

ラスとバルトンはしばらく足を止め、息をととのえ、周囲を見まわした。追っ手は下にしかいないようだ。

「あいつをどうする気だと思う?」ツバイが息を切らしながら、叫んでしがみついてくる重力障害者を押しのけてたずねた。

「わからない。おちつかせてから、迷宮にもどすくらいじゃないかな」

ふたりはまた走りだした。階段は終わりがないかのようだ。それでも走ることに集中し、最後の力を振りしぼる。直進し、踊り場に出て、また登りにかかる。段差がちいさすぎてしょっちゅうつまずくが、とにかく先を急いだ。屋上に出ると、一団のヴァルベ人が追跡してきているのがわかった。ラスとウィトには感知できない重力線上を、すばやく滑るように移動している。

「あれが通廊だな。まだ意識を集中できないのか?」バルトンが叫び、速度をあげる。

背後では重力喪失者たちの声が、遠く不明瞭になりはじめていた。

「まだだめだ」

前方に長い通廊が見える。それは宇宙的な長さのチューブのように、どこまでも無限に伸びているように思えた。なぜこんなに長く超能力が使えないのか、理由はツバイにもわからない。推測だが、重力喪失者を外に出さないための、なんらかのシールドがあるのではないか。通廊にはいったふたりはすこし速度を落とした。ヴァルベ双生児によれば、これは山の下をつっきって、ドックのある谷に通じているということだった。数分後、ふたりは話をせずに呼吸の確保につとめ、あたりに注意しながら、ゆっくりした速度で出口と思われるほうに走っていた。床はふたたびクッションにおおわれ、壁と天井はとぎれることなく黄色い光をはなっている。時間がひきのばされ、トンネルが永遠につづいているかのように思えた。そのとき無限とも思えるかなたに、ちいさな四角形が見えた。

疲弊した神経が見せる幻覚だろうか？

焼けるような肺とからからになった喉で息をあえがせながら、ふたりは気力をふるって進みつづけた。四角形がおおきくなってくる。

「あそこが……出口……らしい」バルトン・ウィトが声をしぼりだす。こちらも消耗しているものの、肺活量がテレポーターよりもすこしおおきかったようだ。ふたりはたがいのベルトをつかみ、支えあいながら進みつづけた。ちょっとした永遠くらいの時間がすぎ、継ぎ目のない、白いプレートの前に立つ。

「通過できない！」ラス・ツバイがうめき、プレートを強くたたいた。プレートは音をたてて震動したが、それだけだ。ラスは三歩後退し、武器をぬいて、左右を眺めた。

「待て！」バルトン・ウィトが声をかけ、目を閉じる。いきなりテレキネシス能力が回復するのを感じたのだ。ここまでくると、隔離機能がうまく働かないのかもしれない。保安メカニズムを発見し、テレキネシスでスイッチを操作。プレートが横に滑って開いた。ラスは相棒を見て、

「能力がもどったのなら……わたしも……」と、つぶやく。

ふたりはプレートが開いた隙間を急いで通過した。目の前に荒涼とした未知の谷間が開ける。おおきな岩を橋脚にして細く華奢な橋がかかり、その揺れる橋を始点に、下方に向かって搬送路がつづいていた。谷をかこむ山のいただきに曙光が兆《きざ》した。

長方形の要塞のような建物の前で足を止める。ラスはバルトンの腕をつかみ、短距離のテレポーテーションを試みた。ジャンプは完璧で、無人の橋の最上部に出現。

「《キュベル》に！」バルトン・ウィトがいった。

「待ってくれ。方角を確認する」ラスはそういって、重力通廊のらせんの道を見つけようとした。強い朝日のなかにかすかな光の直線を発見。距離と方向を調整して、バルトン・ウィトといっしょにテレポーテーションした。出現したのは荒涼としたクレーター内だ。右手にはドック設備があり、ヴァルベ船にかこまれた《キュベル》の姿が見えた。

化する。

「光学的シュプールが見える」ラスがいい、直後にウィトとともに、艇の司令室に実体化する。

ゼトロヴが驚いて跳びのき、気をしずめて、青い顔でふたりを見た。

「遅すぎです！」と、当直の男はいった。

*

ラス・ツバイは苦痛もなく正確にテレポーテーションできるとわかって活気づき、ゼトロヴの手からカップを奪うと、中身を飲み干してたずねた。

「ペリーたちはどこだ？」

「七時に艇をスタートしました。巨大なヴァルベ人の頭部に向かって」

「警告しなくてはならない。重力ハッチに向かったんだな？」

「はい」

「ダコミオンについたときには、肉体か精神に障害を負っているはずだ」ツバイは空になったカップをゼトロヴに返し、テレポーテーションした。空気がにぶい音をたてて、いきなり生じた真空に流れこむ。ゼトロヴはかぶりを振り、テレキネスのウィトに目を向けた。ウィトはさまざまな装備をはずし、シートにどさりと腰をおろした。

「なにがあったんです？」ゼトロヴはたずねた。

「ラスはなぜ重力ハッチに？」

「重力喪失者を収容した施設を見てきた。巨大な地下病院で、一種の〝転送効果〟に苦しむヴァルベ人や、それ以外の異人の宙航士たちが収容されていた。肉体や精神に障害が生じた者たちがたくさんいた。ああ、マイクのスイッチをいれて、この報告を記録してくれ。ここではコーヒーということになっている熱い飲み物を一杯もらえないか？」

バルトン・ウィトはやっと安全な場所にたどりつき、ほっとしていた。通過してきた収容所の報告を記録しながら、ペリーと友たち三人のことを思う。ラスは文字どおり最後の瞬間に、全員を救うことができただろうか。

バルトンの口述を聞きに集まる乗員は増えていった。ツバイが消えた数秒後には、ゼトロヴが近づくこともできなくなっていた。センコ・アフラトが手をあげて質問。

「つまりペリー、ブジョ、アラスカ、ラングルは、廃人になるか、死ぬかもしれないということか？」

バルトンはためらったが、やがてこう答えた。

「可能性はきわめて低いだろう。だが、ゼロではない。死ぬか、精神か肉体に障害を負う可能性がある」

＊

五人が次々と重力グライダーから出てきた。草に似た苔が生えた地面に伸びる白くひろい道を通って、巨大な重力ハッチが建つ敷地にはいる。待っていたヴァルベ人たちは好奇の目で一行を眺めたが、不安そうなようすはなかった。

「圧倒的な眺めでしょう？」シャアジャメンスがたずねた。

「たしかに。なぜヴァルベ人は技術と外観を適合させようとするのか、説明してもらえないか？」

ローダンはそういって、にぶいグレイに輝く建造物を指さした。地表から二百五十メートルの高さに額の部分が見え、最初の曙光をうけた複眼の表面加工が、興味深い光学的効果を生んでいる。

口の部分の手前にあるゲートは開いていた。片側にはヴァルベ人の長い列ができている。反対側からは住民が出てくるところだったが、数はずっとすくない。たぶん作業要員だろう。重力ハッチの操作センターでは、施設管理のほか、準備スペースへのエネルギー供給の一部もおこなわれているはずだから。

「重力ハッチは惑星の重力工学的な極に位置しています」と、責任者シャアジャメンスが説明する。「これ以外の形状は考えられません。重力感覚はわたしたちの頭のなかにあるのですから」

ここにもヴァルベ人の自己理解が反映していた。技術の粋《すい》をおさめる建物がその技術を発展させた頭部と同じかたちになるのは当然、という発想だ。

「なぜ重力嚢がひとつではなく、三つもあるのだ？　しかも上方に立ちあがっている」

女帝の研究者、ラングルがたずねた。宙航士四名は行列しているヴァルベ人たちの横を通って入口に近づいた。

「重力ハッチの機能も、われわれの肉体の機能と同じだと強調するためです」

風船のようにふくらんだ重力嚢はダークブルーに輝いていた。三つの先端のあいだに間断なく閃光が飛びかっている。周囲が明るいので見にくいが、重力チューブが垂直に、朝の空に向かって伸びているのがわかった。ハッチから大人数のヴァルベ人があらわれ、ばらばらに散っていった。

「なかでなにが起きるんですか？」と、ブジョ。理解できない力に不安をおぼえ、仲間のそばにぴったりとくっついている。

「故郷世界の重力にあうよう調整され、うまく適合しない部分は排除されます」

ローダンは責任者との最初の会見で、一定範囲内の重力の変動は宙航士にとってなんの問題にもならないと説明を試みていた。ソラナーは二Gの惑星でも、二分の一Gのちいさな惑星でも、同じように活動できる、と。人工的に重力を発生させ、変動させることもできるとまで解説したもの。

だが、いくら説明してもむだだった。ほかのことにはすばらしい理解力を見せるシャアジャメンスにも、まったく理解できなかったのだ。

「どのくらいかかるんですか？」

「準備室にはいってしまえば、長くはかかりません」

ローダンはエネルギー量を測定させていた。その評価によれば、ヴァルベ人の肉体を転送するだけにしてはエネルギーがおおきすぎるという。

エネルギーの大部分は重力チューブの安定を維持し、両惑星上の一定の位置に正確に固定するために消費されている。いわば両端に出口のある通廊で、宇宙船のエアロックと同じようなものだ。

その一方の出入口が目の前にあった。開いたゲートまであと三十歩くらいだ。

ほんとうの重力ハッチはその先にある。比喩的にいえば、両端を閉じることもできる。

反対側の出口はダコミオンに開いている。そこには復元装置があるだろうが、その外観は見当がつかなかった。この過程でなんらかの被害が生じることはないという話だ。

惑星に着陸するのと同じように、ダゴミオンに直接足を踏みいれることができるが、危険は完全に排除されているという。

ドウク・ラングルはロジコルを作動させ、責任者に質問した。

「重力チューブの技術的な目的はなにか？」

「生きている肉体、マシン、不活性な物体など、物質の転送です。生命活動のレベルは関係ありません。エネルギー結合は継続して働きますから。わたしたちは重力パターンを認識し、この継続性を保証するように力を構成しています」

「肉体は非物質化するのか？」

「そうです。分解され、事実上、経過時間ゼロで再構築されます」

「すぐに体験することになる」と、アラスカ。

「そのとおりです。ダゴミオンでは、惑星管理者のところにお連れするため、迎えの者が待っています」

「けっこう。緊急事態だ。侵攻は目前に迫っている」ローダンはそういって、入口に近づいた。

「痛くない？」と、ブジョがたずねる。責任者は振りかえり、

「惑星ダゴミオンの重力定数に正確に調整されていれば、非物質化プロセスに痛みはい

っさいありません」と、答えた。

「再物質化にも？」

「はい」

一行はおおきく開いたゲートを通過した。行列している人々は、異人たちが先に進んでもいらだちも怒りも見せない。

ローダンはダコミオンへの転送を恐れていなかった。振り向いて、うしろにつづく友たちを見る。

「覚悟はいいな？」

「もちろん！」と、アラスカ。

ハッチの先は、さまざまなおおきさと高さの平面を、傾斜のちいさなスロープで結んだ空間だった。その奥では光の円がプラットフォームの上に浮遊して明滅し、その辺縁部にはもつれあった糸状のきらめきが見えた。光の円は重力チューブの末端部分だ。それが伸びあがり、棒状の碍子《がいし》ごと、ヴァルベ人の頭部を模した建物の天井を貫通していた。細部はよくわからない。あたりには青い光が満ち、巨大頭部の内側の壁は闇のなかに沈んでいた。

シャアジャメンスは片手をあげ、いちばん近いプラットフォーム上の垂直シリンダーの列をしめした。

「あそこへ。もちろんオペレーターには連絡してあります。わたしはここでお別れします。〝美しい反復を〟、〝テラナーのローダン〟」

ローダンはその肩にしずかに手をかけ、

「もうひとつ訊きたいことがある」と、微笑しながらいった。

「なんでしょう？」

ローダンは自分のトランスレーターを指さした。

「そちらの使う言葉のいくつかは、この装置で翻訳できない。マシンが意味を把握できないのだ」

「わたしにはどうにもできません。複雑な概念をしめす言葉もありますから。〝モルドンク〟や〝ホルティジャアズ〟といった言葉ではありませんか？」

「とくに〝ホルティジャアズ〟が気になっている。ポジティヴな意味だと思うが？」

シャアジャメンスは上半身を前に出すようにして、頭部をさげた。

「そうですね、〝ホルティジャアズ〟の意味を説明するなら……ある事象や意図が、わたしたちにはかんたんに認識できるさまざまなパターンや重力線とのあいだで、不調和を生じないということです。その結果、重力均衡は更新されたり変動したりし、それをもとにもどすことはできないものの、障害にもならない、ということです。わたしたちを混乱におとしいれるような不均衡を、重力水準器が検出することもありません。〝ホルティジャアズ〟の意味が理解できましたか、ローダン？」

トランスレーターは意味を翻訳しながらその情報をとりこみ、〝ホルティジャアズ〟という言葉の意味を登録した。いまの説明、ほぼそのままだ。ローダンはトランスレーターの音量を落とし、ちいさく笑みを浮かべた。

「理解できたと思う。感謝する、責任者シャアジャメンス。軽石の採集がうまくいきますように」

アラスカが片手をあげ、つぶやいた。

「〝モルドンクなシンコペーションを〟」

「〝調和ある反復を〟、テラナー！」責任者はそう応じ、重力チューブをめざす行列の横を遠ざかっていった。ヴァルベ人男性はほぼ全員が、振りかえって彼女のうしろ姿を見送った。よほど魅力的な女性らしい。

ローダン、アラスカ、ブジョ、それにラングルはスロープを登っていった。一行が誘導壁のあいだに姿を消すと、多数のヴァルベ人と重そうな荷物がすこしずつ前に進んだ。オペレーターたちが輝くリングの下の平面を大急ぎでからっぽにする。

そこから先はまったくあらたな体験だ。ここ数日で関係者から収集した情報では、重力ハッチがどう機能するのか、なにもわからなかった。とはいえ、転送機を使用する場合とおおきく異なることはないはず。四人のヴァルベ人が代表団の四人を四つの〝キャビン〟に案内した。そこで準備のため、センサーを押しつけられる……すくなくとも、代表団はそういう意図だろうと判断した。

数分後にうながされて先に進むと、そこは輝くリングの末端だった。

「中央に立って、待機してください。なにもする必要はありません」と、ヴァルベ人。

「なにごともないといいけど」ブジョはあからさまに不安な表情だった。

脈動するリングの端に近づく。頭上には直径百メートルの黒いトンネルが口を開いていた。目を凝らせばべつの光景も見えたはずだ。脈動するブルーのリングは重力チューブの壁そのものだった。チューブ自体は超次元パイプ内部の、漆黒の闇だ。

《ソル》からきた四人は疑わしげにリングを見つめた。

やがて肉体が分解しはじめるのを感じる。輪郭がぼやけ、外から内側へと徐々に透明になり、体重が軽くなったと感じると同時に、色がかすかにブルーがかって見えた。その色あいが深みを増す。輪郭がぼやけるにつれ、ブルーが濃くなっていく。数秒間は三次元の形状が濃いブルーになって認識できたが、やがて一行の姿は完全に消え去った。

最後にのこった濃いブルーの光が消えると、プラットフォームにはだれもいなかった。ヴァルベ人の行列がさらにすこし進んだ。

＊

ラス・ツバイは再実体化し、周囲を見まわした。見える範囲にローダンはいない。冷たい衝撃が走った。悪態をつき、吐きだすように、

「まにあわなかった！」と、叫ぶ。

二度めのテレポーテーションを敢行し、重力ハッチの入口に通じる道のそばに実体化。プラットフォームから施設まで伸びる行列に驚いたものの、すぐに重力チューブの湾曲した末端の下に見える、ブルーに輝く輪郭に気づく。

「実体が見えない。行ってしまったのか！」そうつぶやいて振りかえり、重力プラットフォームでスタートしようとしているヴァルベ人に気づく。次のテレポーテーションで、グライダーとヴァルベ人のあいだにジャンプした。ローダンが〝案内人〟と呼んでいた女性だ。ラスはトランスレーターをかかげて叫んだ。

「ローダンと同行者たちを探している！」

ヴァルベ人はラスに近づいて足を止め、説明した。

「重力ハッチにお連れしました。もうダコミオンについているでしょう」

ラスは頭を垂れ、失望をおしころして答えた。

「わかった。感謝する」

それ以上できることはない。わずかの差でまにあわなかったのだ。ローダンたちはダコミオンに転送された。ラスは重力ハッチによる転送に失敗して迷宮に暮らす犠牲者たちのことを考え、気分が落ちこんだ。案内係のヴァルベ人女性が興味深そうにラスを見ている。すくなくとも、ツバイにはそう思えた。できるだけ感情をまじえず、こう声をかける。

「重力喪失者たちの住居を見てきた。そこに暮らす、重力障害者たちを。友たちはおおきな危険に直面している。心配なのだ。理解してもらえるかな？」

「根拠のない疑念です。複雑な人格の持ち主なのですね」と、ヴァルベ人が皮肉っぽく答えた。

「広範な体験から導きだした結論だ。では、これで！」

ラスはヴァルベ人に会釈して、《キュベル》の司令室にジャンプした。

センコ・アフラトが操縦席にすわったままゆっくりと振りかえり、ツバイを見つめた。

ツバイはいきなり、抵抗できないほどの疲労感に襲われた。シートにどさりと腰をおろしてつぶやく。

「チーフたちはダコミオンに行ってしまった。もうなにもできない」

「あなたがいなくなったあと、すぐに連絡があった。そのあと、なにもいってこない。どう思う？」

「あなたはどう思う？」

「バルトンからの報告は聞いているな？　チャンスはあると思うか？」

ラスは考えこみ、むっつりと答えた。

「チャンスは充分ある。重力ハッチをくぐってなんともなかったヴァルベ人も、数百万人といるはずだから。だが、われわれは異人だ。重力嚢がないとなにが起きるか知れたものではない。すぐにわかることだが。ほかになにかあったか、センコ？」

「なにも。フルクースはずっと待機している。すこし眠れ。全員、朝食には食堂に集まるだろう」

「わかった。それがいちばんいいな」

ラスは軽くうなずいて司令室から出ていった。じたばたしてもしかたがない。できることはなにもないのだ。いまは待つしかない。

11

三五八三年十一月二十一日　重力ハッチの谷

惑星バイトゥインの重力極が位置する巨大な谷の上に星々が冷たく瞬いていた。星明かりと巨大施設のぎらつく光をうけ、斜面が軽石の散らばる原野に変貌する。星々の光のなかに軽石が描きだすさまざまなパターンが見えるようになった。

「でしゃばりと思われたくはないし、つい夢中になるのは悪い癖だが…… 〝歓喜のいけにえ〟の要請はどうなった？」

チェトヴォナンクは軽く身をかがめ、石をひとつ拾いあげて注視し、その構造のすばらしさをしめした。未来のモザイクの一片となる石は重力ネットのなかにおさまった。シャアジャメンスは美しいカーゲルプルフ結晶をもとめ、二十歩ほど斜面を登った。

「まだわからないわ」

「きみの印象では？」

ふたりにとっては長くて疲れる一日だった。シャアジャメンスは異人たちをダコミオンに通じる施設に案内したあと、仕事場にもどって作業をつづけた。そのあとチェトヴォナンクと食事をして、いっしょに軽石の採集にきている。

「わたしの印象？　ダコミオンにはまだ〃かけがえのない腺〃の組織が充分にあると思うわ。バイトゥインのだれかが、すぐにも〃歓喜のいけにえ〃となる必要があるとは思えない」

チェトヴォナンクは活動的だった。新しい重力チューブに通じる橋や搬送路は、重力チューブそのものと並行して建設されている。射出プロジェクターで連続体を紡ぎはじめるのも、もうすぐだろう。

「それは残念だな」チェトヴォナンクはさらに石を拾ったが、特別なものではないようだった。

「わたしたち、まだ若いわ。選ばれた人たちの列に連なる可能性はたくさんあるでしょう。異人がひとり、重力喪失者の施設にはいったのを知ってた？」

「いや。どうやったんだ？」

チェトヴォナンクは歩きながら謎の異人の話を聞いた。最後には、異人は消えてしまったという。

「重力魔術師の計画を変更するほどのことではないな」〝歓喜のいけにえ〟になるのと同じほどおおきな不運に見舞われる個人の存在は、だれもが知っている。重力喪失者は同情され、できるだけ苦しまないように世話をされるが、かれらが〝歓喜のいけにえ〟となる機会はもう訪れない。

「ええ、なにも変わらないでしょうね。いまは惑星管理者たちが異人と会談しているはずよ。どんな結論が出るか、楽しみだわ」

「重力魔術師の意にそった結論が出るさ」

〝魔術師の下僕〟と呼ばれる者たちの艦隊がきていることはふたりとも知っていた。異人もその存在には気づいているだろうが、魔術師が昔から手足として使役している〝下僕〟だとは知らないはず。ラルミアン銀河と〝ヴァルベの巣〟には奇妙なことがたくさんあった。ファナイトのかけらがきらめく重力パターンのなかでほのかに光り、チェトヴォナンクは身をかがめた。

「ここを巡回したら終わりにしないか、シャアジャ」

ふたりとも疲れていたし、夜はもうのこりすくなかった。シャアジャメンスには、テラナーの指導者に会ったときからずっと考えていたことがあった。

「ええ、眠くなってきたわ、チェト」そう答えて、パートナーの肩をさする。

「あなたは勇敢で有能ね、チェト。わたしたち、町にもどって子供をつくるべきだわ。それで絆が強まるなら、いい機会だと思うの」

「ああ、考えてみるべきだろうな」

ふたりは腕をからませ、重力シュプールにそって滑るように居住泡に向かった。すぐに眠りにつく。その夜はどちらも、途中で目ざめて外に出て、重力極付近の夜の調和を観察することはなかった。

＊

だが、トロール人スロンチョルは眠っていなかった。興奮に身を震わせていたのだ。異人を見かけ、話を聞き、その内容を理解していたから。

スロンチョルはいま、迷宮の真夜中にあたる時刻、自室で横になっていた。背中の下には柔らかいマットレスが敷いてある。食事をして、アイソメトリック訓練プログラムにしたがい、肉体のかたちをたもっていた。使者として到着して以来、四百日間ずっとつづけている訓練だ。

呪われたヴァルベ人ども！　苦々しい気分でそう思ったが、興奮してもいる。異人を見て、すぐに宙航士だとわかったのだ。かれの二倍はありそうな巨体だった。

自室の奥の壁には四百一個のマークがある。〝一日〟がすぎるたび、傷をつけてきたのだ。それは待ちつづけた日数でもあった。宇宙船を……あの奇妙な漏斗型突起のあるヴァルベ船ではなく、それを使えばここから脱出できる、ほんものの宇宙船を。

トロールに帰還し、攻撃部隊を連れて、またここにもどってくるのだ！

「ヴァルベ人に復讐してやる！」と、歯嚙みしてつぶやく。

スロンチョルは小柄だった。平均的なヴァルベ人にくらべ、背丈は両手の幅くらい低い。だが、肩幅は倍ほどあり、腿も太かった。前に一度、看護人の脚をへし折ったことがあり、この星の悪党どもがほんとうはひ弱だということもわかっていた。

脱出してやる！

考えることはそればかりだった。ここに着陸したのは誘導されたからだ。そのあと、とても丁重に重力ハッチに案内された。ヴァルベ人の頭部を模した建物はばかげたものに見えた。ハッチをくぐり、ダコミオンで原子から再構成された。なにかがおかしいと気づいたときは手遅れだった。ハッチを出るとき、なぜか横を向いていた。利き手が右手に変わり、おや指が下にあり、頸筋にあるはずの髪は額にあり、両目の上に帯があった。

どうすれば脱出できるだろうか、と、疑わしげに考えこむ。

宙航士は特徴的なブーツと、目的別ポケットのついたズボンをはいていた。しかるべき装備を携行することを知っている宙航士にふさわしい服装だ。皮膚の色は、ひとりはかれのような淡色、もうひとりはトロール人の司令官のような濃色だった。二本脚で、胴体は筋肉質、二本の腕と、トロール人に似た頭部がある。耳がおおきく目がちいさいが、本質的な違いはない。

見ている方向は目を見ればわかった。頑固だが友好的なヴァルベ人の、昆虫のような複眼とは異なる。ヴァルベ人の科学は単線的で、かれの精神を混乱させはしなかったが、肉体を淡紅色の、毛の生えた肉塊に変えてしまった。

脱出する？　どうやって？

注目したのは、宙航士が〝ヴァルベ双生児〟と呼んでいた、二体が融合したヴァルベ人だった。迷宮のなかを案内していたのだ。ふたりの宙航士は強靭で、武器は携行しているものの、一度も使おうとはしなかった。かれと同じように強靭だ。しかもかれは、どっちに進めば外に出られるかを知っていた。ダコミオンの重力ハッチからここに運ばれるとき、見ていたのだ。そのときにはもう肉体は変形してしまっていたが。

それでも不自由ながら宇宙船の操縦は可能だったので、スタートしたいと何度も申しいれたもの。

だが、聞きいれられなかった。

ヴァルベ人の言語を学び、返答の内容がわかるようになると、相手の根源的な誤解が明らかになった。

「あなたには重力感覚がない。病気なのだ。われわれ、よろこんで世話をしよう。だが、あなたはもう死ぬまで重力感覚の恩恵がうけられない！」

「わたしは重力感覚など持っていたことがない！」そう抗弁したが、むだだった。

「知性体なら重力嚢はかならずある。外観は異なるかもしれないが、この器官を持たないことは考えられない。あなたを保護するのはわれわれの義務であり、よろこびでもある。これは人生のすばらしい可能性をもたらしてくれた全宇宙の知性体に対し、われわれが支払うべき対価なのだ」

そのあとには重力魔術師がどうこうというむだ話がつづく。〝ヴァルベの巣〟の全域が重力魔術師の定める規則に縛られているのだ。

スロンチョルはきっかけを待った。時期を見て忍びでて、できれば暴力を使わず、気づかれないように昼のスペースまで行きたい。そこからはのぼり階段が入口通廊へとつづいている。脱出のさい、できれば武器庫に立ちより、同じ境遇の仲間に武器を配布したかった。混乱に紛れて脱出し、宇宙船まで血路を開いて、トロール星系に連れていってくれるようたのむのだ。あの宙航士たちは何日も賞讃を浴びつづけることだろう。

とはいえ、翌早朝にも実行というわけにはいかなかった。拙速すぎる。その一方、時期を見ているうちに異人たちがスタートしてしまってはなんにもならない。スロンチョルは不安そうに身じろぎした。満腹で、充分に休息しているので、疲れはない。ここにいる者たちは費用のかかる完全看護をうけ、食事をあたえられ、行動に制約はなかった。ただ、かれは正気をたもっている少数のひとりだった。肉体的にもおおきな支障はない。

それどころか、四百日のあいだ訓練をつづけ、以前より頑健になっているくらいだ。右手の一撃でヴァルベ人の目を頭部にめりこませたり、腕や脚を折ったり、上下の胴体を分断したりできるだろう。

時期を待たなくてはならない。

宙航士はすでに一度ここを訪れた。きっとまたくるはず。そのときがチャンスだ。トロール人スロンチョルが勝利するのだ。重力障害者のあいだに四百日以上もとらわれた末に……

スロンチョルはおだやかに眠りに落ちた。

異人の宙航士がいずれまた、重力ハッチからダコミオンに向かうはず。その一部は、四百日前にかれがそうなったように、障害を負ってここに送られるだろう。

スロンチョルは時期を待った。好機はかならず訪れる。

あとがきにかえて

嶋田洋一

この巻の表題作である『重力ハッチ』の原題は、Die Gravo-Schleuse となっている。ハイフンの前の Gravo は「重力（の）」で問題ないだろうが、Schleuse のほうをどう訳すか、少々悩むことになった。

Schleuse の本来の意味は「水門」だが、しばしば「エアロック」の意味でも使われる。この用法はたぶん二次的なもので、「閘門《こうもん》」からの類推で使われるようになったのだろうと思う。

閘門というのは水門の一種で、水位差のある二つの水面をつなぐ水路において、水位を調整して船が通行できるようにするためのものを指す。

たとえばパナマ運河は太平洋とカリブ海をつないでいるが、途中で海抜二十六メートルの湖、ガトゥン湖を経由しているため、まず湖側の閘門を閉め、海側の閘門を開いて船を水路に入れ、海側の閘門を閉め、水路に注水して水位を上げ、湖側の閘門を開いて前進、という手順を三度くり返し、ようやく湖面に出ることができる。船は湖を横切ったあと、今度は同じ手順を逆にしてくり返し、反対側の海に出るわけである。

もしも閘門がなかったら、高い位置にある湖水が海に向かって流れ落ち、とても船など通れないだろう。

換言すれば、位置エネルギーの急激な変化を、水路への注水／排水によって緩和しているとも言える。

これを気圧の変化に応用したのが、宇宙ＳＦではおなじみのエアロックである。以前は「気閘」という訳語も見かけたが、あまり普及はしなかったようで、英語をそのままカタカナにした「エアロック」を使うのが一般的になっている。

今さら説明の必要もないとは思うが、今回はページ数が潤沢なので、念のため解説しておく。

たとえば与圧された宇宙船内と真空の宇宙空間とのあいだを行き来する場合、ドアが一枚だけだと、開けたとたんに船内の空気がすべて吸い出されてしまう。ガトゥン湖の水が一気に海に流れ落ちてしまうようなものだ。

そこで出入りのためのチャンバー（小部屋）を作り、船内側と船外側にそれぞれ気密扉を設置したのがエアロックである。つまり両端を閘門で閉じた水路が、このチャンバーに相当する。

船内から外に出るときは外扉を閉めた状態で（当然、宇宙服着用で）チャンバーに入り、内扉も閉めてチャンバー内の空気を抜き、外扉を開けて外に出る。外から船内に戻るときは、内扉を閉めた状態でチャンバーに入り、外扉を閉めてチャンバー内に空気を満たしてから内扉を開く。

この方法は有毒大気を持つ惑星上でも有効で、その場合、外から戻るときは内扉と外扉を密閉したあと、まずチャンバー内の有毒大気を排出し、その上で空気を満たして内扉を開けることになる。

ローダン世界ではあまり描写を見かけないが、小型宇宙船では船内の空気が貴重なため、エアロック内の空気を回収することで、出入りの際に失われる空気の量を最小限にすることができるのもメリットの一つだ。

さて、そこでGravo-Schleuseである。

重力のわずかな変動も敏感に感知する種族が、ある惑星から別の惑星に移動するとき、重力の違いを調整するための装置、というのが基本的なイメージなのはまちがいない。

出発側の惑星でこの装置に入ると、重力が調整された上で、到着側惑星の同じ装置の中に出てくる、ということのようだ。いろいろと異なる点も多いが、エアロックのアナロジーで描かれているのは確かだろう。

最初に考えたのは「重力閘門」という訳語だった。しかし「気閘」という言葉もほとんど見かけない現在、この訳語では意味が通じないのではないかと思える。

次に「重力ロック」というのを考えた。言うまでもなく「エアロック」から派生させた造語だが、カタカナの「ロック」はロックンロールや錠前、施錠といったイメージが先行してしまい、即座にエアロックを連想する人はいないだろうということで、没にした。

あとは苦しまぎれに「重力転送機」とか「重力通路」とか「重力チャンバー」とかを考えたが、どれもわかりにくかったりぴんと来なかったりで、どうも気に入らない。

結局はSchleuseの原義に戻って、表題のとおり「重力ハッチ」としたのだが、エアロック的な何かを連想させる言葉にできなかったのが少しばかり心残りではある。

こういう欲求不満感というか隔靴《かっか》掻痒感《そうようかん》というか、「あと少しで届きそうなのにどうしても届かない」という感覚からは、翻訳をやっている限り、まあ逃れようがないだろう。

訳語なり表現なりが「よし、完璧!」と思えても、あとから読みなおすとやはり届いていないように思えたりもして……

そんな不満をつねに抱えながら、次こそは、と挑戦しつづけるのがこの仕事なのかもしれない。

アーサー・C・クラーク

太陽系最後の日
〈ザ・ベスト・オブ・アーサー・C・クラーク1〉
中村 融編／浅倉久志・他訳
初期の名品として名高い表題作、名作『幼年期の終り』原型短篇、エッセイなどを収録。

90億の神の御名
〈ザ・ベスト・オブ・アーサー・C・クラーク2〉
中村 融編／浅倉久志・他訳
ヒューゴー賞受賞の短篇「星」や本邦初訳の中篇「月面の休暇」などを収録する第二巻。

メデューサとの出会い
〈ザ・ベスト・オブ・アーサー・C・クラーク3〉
中村 融編／浅倉久志・他訳
ネビュラ賞受賞の表題作はじめ『2001年宇宙の旅』シリーズを回顧するエッセイを収録。

都市と星〔新訳版〕
酒井昭伸訳
少年は世界の成り立ちを、ただ追い求めた……『幼年期の終り』とならぶ巨匠の代表作。

楽園の日々
アーサー・C・クラークの回想
山高 昭訳
若き著者の糧となったSF雑誌をもとに、懐かしき日々を振り返る自伝的回想エッセイ。

訳者略歴　1956年生，1979年静岡大学人文学部卒，英米文学翻訳家　訳書『共和国の戦士』ケント，『戦いの子』ロワチー，『眠れる女王』エディングス，『ヴァルベ星間帝国』マール＆フォルツ（以上早川書房刊）他多数

HM=Hayakawa Mystery
SF=Science Fiction
JA=Japanese Author
NV=Novel
NF=Nonfiction
FT=Fantasy

宇宙英雄ローダン・シリーズ〈409〉

重力《じゅうりょく》ハッチ

〈SF1824〉

二〇一一年九月　二十日　印刷
二〇一一年九月二十五日　発行
（定価はカバーに表示してあります）

著者　H・G・エーヴェルス　ハンス・クナイフェル
訳者　嶋《しま》田《だ》洋《よう》一《いち》
発行者　早川　浩
発行所　株式会社　早川書房
郵便番号　一〇一 - 〇〇四六
東京都千代田区神田多町二ノ二
電話　〇三 - 三二五二 - 三一一一（大代表）
振替　〇〇一六〇 - 三 - 四七七九九
http://www.hayakawa-online.co.jp

乱丁・落丁本は小社制作部宛お送り下さい。
送料小社負担にてお取りかえいたします。

印刷・信毎書籍印刷株式会社　製本・株式会社川島製本所
Printed and bound in Japan
ISBN978-4-15-011824-2 C0197